Éliane DISSARD

Le Madiol des Demoiselles

NOUVELLES

ÉDITIONS DU LAU

Du même auteur

"Il y a un port à Bruges"
Presses Universitaires de France

Le vampire du Muy
Éditions du Lau 2005

Le champ au trésor
Éditions du Lau 2005

The field of treasure
(version bilingue en vis-à-vis de : "Le champ au trésor")
Éditions du Lau 2006

Crédit photo couverture : Éric BONNIER
- Domaine des Demoiselles -

www.editionsdulau.com

À Juline et Valentine,
les nouvelles petites Demoiselles du Domaine.

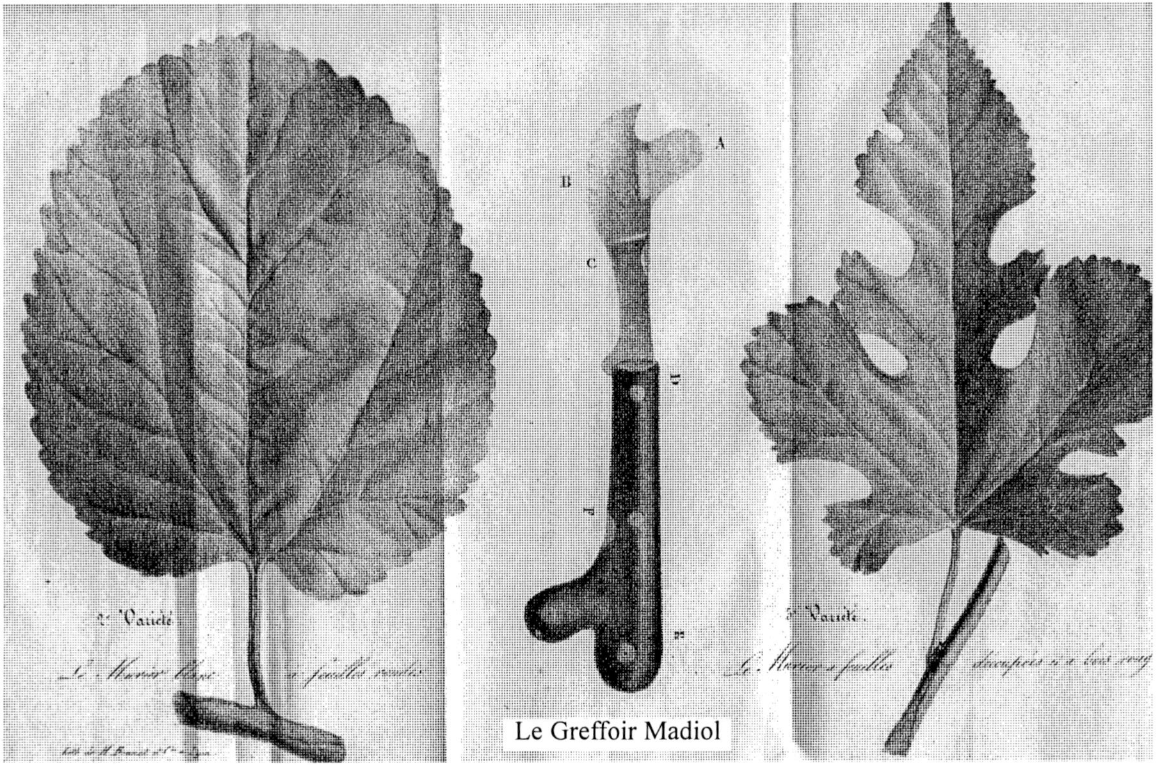

Le Greffoir Madiol

Le Madiol des Demoiselles

Avril 1782

LA NOURRICE L'AVAIT RÉVEILLÉE UN PEU PLUS TÔT QUE D'HABITUDE : son parrain, le Marquis Gaspard de Grimaldi, l'attendait.

Elle adorait venir au Domaine des Demoiselles. Le marquis lui disait en lui pinçant amicalement la joue :

- C'est toi maintenant la petite Demoiselle ! Tu portes d'ailleurs le prénom de l'une des quatre filles de Raimond Bérenger IV, les quatre demoiselles qui sont toutes devenues reines et dont le nom du domaine rappelle le souvenir. Tu es dans ton château et je suis ton serviteur !

- Parrain ! pas mon serviteur ! Mon jardinier !

Elle connaissait la passion du marquis pour les plantes et son habileté quasi diabolique pour la greffe.

Quand elle venait au Domaine, du printemps jusqu'aux premiers jours de l'été, son parrain l'emmenait se promener dans les champs et les sous-bois, jusqu'au vallon de l'Endre, un large et magnifique torrent à l'eau claire et tumultueuse.

Ils longeaient les prés bordés de tertres boisés, poursuivaient jusqu'aux vignes de La Rimade ou bien allaient jusqu'à la plaine caillouteuse où paissaient les moutons.

Lorsqu'il se ceignait d'un imposant tablier de toile, elle comprenait qu'il n'y aurait pas de balade mais qu'il allait greffer des arbres fruitiers ou ses mûriers.

- Sancie ! enfin vous voilà !, venez tout de suite j'ai besoin de vous !

Elle accourut vers lui et il lui prit sa main dans la sienne, si grande et si soignée.

- Parrain, je suis prête…

Ce matin d'avril, elle vit sur la terrasse le fermier Jean, un Piémontais taciturne mais entièrement dévoué au marquis avec lequel il avait été élevé, aligner des plants de mûriers.

Elle reconnut des mûriers blancs à feuilles rondes et les nouveaux venus, ceux auxquels le marquis réservait ses meilleurs soins : des mûriers d'Italie.

- Les mûriers d'Italie, tu les reconnais, Sancie, à leurs feuilles à pétiole rose. Normalement ils vont devenir très vigoureux et les vers à soie vont se régaler !

Le marquis de Grimaldi était un émule de François Traucat qui couvrit de mûriers sous Charles IX, le Languedoc, la Provence et le Dauphiné. Il en parlait comme d'un maître en le nommant “le jardinier de Nîmes” et il éduquait ses jeunes plants comme ce dernier le préconisait.

- Tu vois, dit-il à Sancie, les plants ont trois ans et ils sont déjà aussi hauts que toi qui en a sept ! Je vais les greffer avec mon Madiol. Mais je te défends, toi, de toucher à cet outil. Le Madiol est le meilleur des greffoirs, mais il est dangereux pour les petites filles. Si tu veux m'aider tu peux, avec tes tout petits doigts, arracher les mauvaises herbes qui les environnent. Il faut bien soigner les arbres opérés Sancie ! Arrache, à mesure qu'elles se montrent, les mauvaises herbes.

Gaspard de Grimaldi opérait avec son célèbre greffoir.

- Je fais les greffes au mois d'avril, Sancie, parce que, à ce moment, le mûrier est plus en sève et, si ça ne réussit pas, on peut greffer à œil dormant au mois d'août ou au mois de septembre.

À œil dormant ? Qu'est-ce que cela pouvait bien vouloir dire ? La petite fille fermait ses paupières puis les rouvrait.

Oeil dormant : comme la Belle au bois dormant ?

Son parrain rit en lui voyant faire ses mimiques.

- À l'intérieur de tes paupières, tes yeux sont comme dans une chambre rose…

- Mais ils ne dorment pas ?

- Ils dorment pendant le sommeil quand les paupières se ferment d'elles-mêmes…

Tout en réfléchissant à cet œil dormant, Sancie s'appliquait.

Elle pinçait entre le pouce et l'index les petites pousses vert tendre et les arrachait consciencieusement. Elle était très fière de la responsabilité que son parrain lui accordait. Jean le fermier souriait sans mot dire et les yeux du marquis brillaient. Il adorait sa "petite Demoiselle".

L'air d'avril était délicieusement frais, il agitait doucement les feuilles des platanes de la grande allée et sur la terrasse de pierres du domaine on se trouvait divinement bien.

Printemps 1794

Cachée dans l'ombre, Sancie se souvenait que son bon parrain lui avait expliqué ce qu'était un œil dormant. Elle ne se rappelait plus toutes les paroles, elle revoyait surtout le visage souriant penché vers elle, elle revoyait les mille petites rides en soleil qu'il avait autour des yeux. Elle se souvenait de la douceur de ce jour d'avril aux “Demoiselles”.

Elle avait appris, quand elle était à Toulon, que le Marquis avait quitté le château et qu'on avait disposé de ses biens. Elle espérait que Jean le fermier était toujours là et qu'il ne la repousserait pas.

“Aujourd'hui avait dit son parrain, aujourd'hui le temps est parfait : ni trop humide, ni trop ensoleillé, ni trop venteux… Le meilleur temps pour la greffe, comme l'entendrait un honnête homme.”

Aujourd'hui avait-il dit. Aujourd'hui, c'était hier.

Il était parti rejoindre d'autres émigrés à Hasselt en Belgique et personne ne savait ce qu'il était ensuite devenu.

Quand elle avait quitté le couvent, elle avait rejoint une tante à Bourges. Ses parents étaient décédés. Elle aurait aimé aller à Esclans, au domaine des Demoiselles mais la famille en avait décidé autrement. Sa famille pensait qu'elle devait vivre à la ville. Bourges était belle, mais le climat du Berry la déprimait et elle avait souffert du terrible hiver de 1788-89. Ensuite il y avait eu une sorte d'embrasement des campagnes Berrichonnes et quelques châteaux avaient été mis à sac.

En 1792 les paysans, qui voulaient être propriétaires des terres qui les faisaient vivre chichement depuis des générations, exigèrent avec plus de force la fin des droits féodaux. Certains, un peu plus nantis, et des bourgeois, parvinrent à acheter des biens d'émigrés.

La situation empira surtout après la mort du Roi. Sancie s'enfuit alors avec sa vieille tante à Toulon. La tante y avait une grande maison avec jardin dans une rue calme, proche de la mer.

À Toulon, la vie semblait plus sûre d'abord avec les Fédéralistes puis surtout dès que les Royalistes, nombreux dans la flotte de guerre, dominèrent la ville.

Le Baron Imbert avait même fait reconnaître en octobre 1793 l'enfant emprisonné au Temple comme leur nouveau roi. Le Roi Louis XVII.

Puis, à nouveau, il y eut des troubles. Les partisans de la Convention encerclaient la ville et un jeune général était parvenu à chasser les Royalistes. Beaucoup étaient partis par la mer. Presque toutes les maisons de la rue étaient désertées.

La vieille tante était très fatiguée, quasiment invalide. Sancie ne savait que faire. La vieille femme ne lui avait guère montré d'amitié mais, elle l'avait recueillie et nourrie. Sancie avait vu les domestiques peu à peu partir : il n'était pas bon rester avec des aristocrates. Seuls restaient sa vieille nourrice, qui ne l'avait jamais quittée et qui s'occupait de la plupart des tâches ménagères, et son gamin borgne qui rendait quelques menus services. Malgré son handicap, il était vif comme un petit lézard gris. Restait aussi un vieux prêtre qui avait fait le pèlerinage de Saint-Jacques dont il racontait sans cesse les péripéties à la tante qui perdait la mémoire.

Sancie n'osait sortir depuis qu'elle avait vu, de sa fenêtre, une vieille femme, une gardienne (les propriétaires étaient partis depuis longtemps !) qui essayait de protéger les biens qu'on lui avait confiés, être rudement molestée et emmenée Dieu sait où.

On trouva un matin la tante morte dans son lit. Le vieux prêtre avec la nourrice emmenèrent le corps de nuit jusqu'au vieux cimetière. Ils restèrent muets, à leur retour, sur ce qu'ils avaient fait du cadavre mais ils dirent à Sancie qu'il ne fallait pas tarder à partir. Sancie ne voulait pas aller à l'étranger, il semblait d'ailleurs maintenant plus que difficile de se hasarder à trouver un bateau en partance.

Très vite la nourrice parla des “Demoiselles”. Le vieux prêtre se rallia au projet : il connaissait bien la forêt du Dom et la région de Fréjus. Il avait parcouru les sentiers fréquentés par les pèlerins allant à Saint-Jacques et il assurait être capable de conduire la petite troupe jusqu'à La Motte.

Ils avaient appris, lorsque tout se passait bien pour eux à Toulon, que le domaine avait été cédé, avec la ferme et des terres, comme biens nationaux. Le Marquis était parti depuis longtemps pour la Belgique. On ne savait rien du nouveau propriétaire sauf qu'il ne demeurait pas à Esclans et que son domaine s'appelait maintenant le "Gros Ménage".

Sancie espérait que Jean le fermier était resté et qu'il l'accueillerait. Elle savait que les Provençaux étaient moins ardents à dénoncer leurs nobles. Les paysans étaient attachés, il est vrai, à obtenir des terres mais, ils n'étaient pas habités par la hargne viscérale qu'elle avait connue dans les villes où elle avait séjourné.

Elle préférait le retour aux "Demoiselles", pardon, au "Gros Ménage".

Elle y avait été si heureuse petite, elle savait qu'elle pourrait, avec ses compagnons, participer aux travaux de la ferme et que la vie fruste ne l'effraierait pas.

Elle ne vivrait sans doute pas dans le grand bâtiment un peu massif, à l'architecture peu compliquée avec sa distribution des pièces de part et d'autre du vestibule et de l'escalier central.

Elle revoyait en pensée la vue qu'elle admirait de sa fenêtre, l'impression d'immensité qu'elle ressentait, petite fille, en contemplant la vaste étendue de vignes, les bouquets d'arbres puis la forêt moutonnante à l'est. Une forêt qu'elle savait se prolonger jusqu'à l'Endre, le torrent tant aimé. Elle contemplait la vue, au-delà des vignes, jusqu'aux collines des Maures et du rocher qui bordait le village du Muy. Le rocher changeait tout le temps de couleur et cela la charmait. Non, elle ne vivrait pas dans la grande maison de son parrain Gaspard Grimaldi désertée de sa si chaleureuse présence.

Elle irait se réfugier dans la ferme en contrebas de la terrasse où le Marquis greffait ses mûriers. Elle s'habillerait comme les autres filles, travaillant comme elles, disparaissant dans l'honnête grisaille des petites provençales de la campagne.

Cela ne lui ferait pas peur, elle se sentait le goût pour une vie simple comme celle préconisée par Jean-Jacques qui l'avait tant séduite avec sa Nouvelle Héloïse.

Elle ne vivrait pas comme avaient sans doute vécu les véritables Demoiselles qui avaient donné leur nom au château. Mais à bien y penser le quotidien des quatre filles de Raimond Bérenger ne devait pas, au treizième siècle, être vraiment luxueux, confortable sans doute mais sans la liberté qu'elle,

Sancie, possédait maintenant. Une liberté qu'elle devait conserver malgré les affres de la fuite et les dangers courus si on la reconnaissait comme noble.

Sancie se moquait du luxe, elle aspirait seulement à la paix et à la vie simple comme en une retraite. La vie qu'elle pourrait mener dans ce domaine qui avait enchanté son enfance.

Ils étaient sortis de la ville, à pied, par la corniche, lorsque la nuit était tombée. On n'avait pas prêté attention au petit groupe. Le prêtre était vêtu comme un “sans-culotte” et les deux femmes portaient un panier de légumes comme celles qui se dirigeaient vers le marché.

Le vieux prêtre connaissait la route, il allait de l'avant sans hésiter.

La nuit était claire, la lumière de la pleine lune suffisait. Tous quatre étaient silencieux et pressés de parcourir le plus de chemin possible.

- Nous allons vers la mer mais, nous ne l'atteindrons pas, je veux que nous passions par les Maures. Ce sera plus long mais plus sûr aussi et je connais des endroits où nous pourrons nous abriter pendant la journée. Nous ne marcherons que la nuit. Est-ce que tout va bien ? Personne n'est fatigué ?

- Non, mon Père répondit d'abord la nourrice. Nous ferons comme vous l'entendez et si nous sommes fatigués nous vous demanderons de faire une pause sous les chênes.

- Et vous Sancie ? Vous supportez le voyage ? Je sais que ce n'est pas facile pour vous qui étiez toujours cloîtrée à Toulon ces derniers mois ? Dites-moi ?

- Tout va bien mon Père, je suis si contente de partir que je me sens des ailes ! Mais je vais vous demander de me tutoyer comme si j'étais votre fille. Il faut prendre l'habitude de nous comporter comme une famille ordinaire : un père, une mère et deux enfants…

- Bien, vous... Tu as raison. Le bon père de famille vous laissera vous reposer bientôt. Nous reprendrons ensuite la route vers le sud en longeant un ruisseau. Je sais une grotte dans une de ses gorges qui constituera le meilleur des refuges pour la journée qui vient.

Ils cheminèrent sans parler.

Le gamin s'était rapproché de Sancie et lui avait pris la main. Sancie serra sans mot dire les petits doigts. Dans leur fuite, elle appréciait se trouver dans un groupe aussi soudé, aussi solidaire. L'affection qu'ils se portaient et la sourde angoisse qui les étreignait depuis leur départ les unissaient tout en effaçant leur différence d'origine.

La grotte, où les avait conduit le prêtre, leur procura un abri sûr. Elle était profonde et sèche. Pour l'atteindre il avait fallu, sur les derniers pas, se frayer un passage au travers des salsepareilles qui se refermaient sur eux en griffes épineuses.

Le ruisseau, à quelques mètres en contrebas, leur fournit une eau claire et désaltérante avant de leur permettre une toilette salutaire.

Les fuyards avaient beaucoup marché et leurs pieds les faisaient maintenant souffrir. Le bain dans l'eau froide, le séchage des plaies à l'air puis l'onguent au saindoux avec lequel la nourrice les massa doucement apaisèrent les douleurs de ces néophytes de la marche. Le prêtre seul n'avait aucune plaie :

- J'ai un secret, leur dit-il je vais vous le faire partager pour les étapes suivantes…

En fait de secret, il s'était enroulé les pieds avec des bandelettes de toile avant de mettre ses souliers. Un procédé de soldat adopté par les pèlerins !

Ils déchirèrent en bandes étroites une chemise de leur petit ballot et le soir venu, avant de prendre le départ, ils en protégèrent leurs pieds en suivant scrupuleusement les conseils du religieux.

Ils étaient maintenant dans les Maures. La végétation avait changé, la forêt était habitée de lourds châtaigniers à l'énorme tronc sombre. Le sentier couvert de leurs feuilles mortes dentelées assourdissait leurs pas.

Ils grimpaient vers la Chartreuse de La Verne où le religieux savait pouvoir cacher la petite troupe pendant une journée, voire deux, et surtout, leur procurer un peu de nourriture et du repos. Heureusement que leur passeur connaissait le chemin, les deux femmes et le gamin suivaient le prêtre à l'aveuglette tant il faisait sombre sous l'épaisse futaie. Il y avait bien un clair de lune mais, les rayons avaient peine à se frayer un passage dans l'épaisseur des frondaisons.

Le sentier montait. À un moment ils entendirent le bruit de l'eau. Un ruisseau coulait, rapide, dans un ravin sur leur gauche.

- Je l'attendais, dit le prêtre, nous sommes sur le bon chemin : dans une petite heure nous serons arrivés.

Cette dernière heure leur parut longue, enfin ils atteignirent les grands bâtiments d'un blanc rosé dans l'aurore naissante.

- Aurore aux doigts de rose, souffla Sancie émerveillée. Comme cette Chartreuse est belle et imposante dans le petit matin. Etes-vous sûr mon Père que des religieux y vivent encore ?

- Je le pense, ma fille. La Chartreuse est si loin de tout qu'elle n'intéresse pas les paysans. La châtaigneraie qui l'entoure peut-être, mais certainement pas les bâtiments. Les cellules des moines sont indépendantes et elles ont toutes leur jardin particulier : chaque moine doit être seul, sauf à de courts moments, et sa journée doit être consacrée dans son petit univers à la seule prière. Je connais, je connaissais un des moines. Il a fait le pèlerinage de Saint-Jacques avec moi et il a dû mettre sur la porte de sa cellule la coquille qui est un signe de ralliement en quelque sorte. Nous allons passer par la châtaigneraie et contourner le bâtiment central pour aller jusqu'aux cellules. Suivez-moi, nous sommes près du but.

Ils descendirent d'abord un chemin rocailleux, retrouvèrent un doux tapis de feuilles puis grimpèrent sur un talus. Ils étaient arrivés au pied du jardin potager. Ils y entrèrent par une petite porte de bois et le traversèrent en diagonale.

Le jardin était cultivé sans être florissant.

- Il n'y a plus que quelques moines dans cette communauté, commenta, laconique, le prêtre.

Ils escaladèrent le petit muret et se retrouvèrent dans une allée longeant une série d'habitations minuscules isolées les unes des autres par un haut mur de serpentine.

Devant chaque cellule il y avait effectivement un jardin car Sancie remarquait des feuillages et des tiges fleuries qui débordaient du mur en boucles champêtres. Ils s'arrêtèrent devant une porte de bois encastrée dans le mur d'enceinte.

- Pourquoi s'arrêter devant cette porte ? Je ne vois pas de coquille ! chuchota Sancie.

- Eh bien tu ne vois pas les crosses des roses trémières ? Ces hampes fleuries portent aussi le nom de “bâtons de Saint-Jacques”: nous sommes chez mon ami. Il n'a pas mis de coquille mais, tous ces “bâtons de Saint-Jacques” l'annoncent avec éloquence, tu ne trouves pas ?

Après La Verne, où ils demeurèrent deux jours, ils restèrent à hauteur des collines pour avancer vers l'est. Le moine leur avait enseigné une habitation à une lieue de La Garde-Freinet où ils pourraient trouver refuge : là où ils verraient une coquille sculptée à même la pierre près d'un oratoire, vide lui, sans doute.

Nous ne sommes pas vraiment sur l'ancien chemin de Saint-Jacques-de-Compostelle, dit le prêtre, mais celui-ci passe plus bas. Nous le trouverons un peu au-delà de Vidauban, un de ces prochains jours. Nous le suivrons jusqu'au village médiéval des Arcs puis nous passerons devant l'abbaye de Sainte-Roseline avant de nous diriger vers La Motte et Esclans. Votre Domaine, celui que vous appelez encore dans votre cœur “Les Demoiselles” faisait partie autrefois de la communauté de Saint-Victor à Esclans avant d'appartenir aux Villeneuve puis à la famille de votre parrain Grimaldi.

Le prêtre, pour qu'ils trouvent le chemin moins long, leur raconta qu'il avait autrefois trouvé refuge en Languedoc dans la grotte des Demoiselles :

- C'est peut-être un signe, dit-il en souriant à Sancie. Les Demoiselles d'Esclans seront aussi un refuge sûr ! Courage Sancie !

Il leur parlait ainsi longuement pendant la journée où ils devaient demeurer cachés. Il chuchotait et sa voix douce les réconfortait. Il ne parlait pas de religion mais de ses cachettes, des hommes et des femmes de Bien qu'il avait rencontrés et qui l'avaient protégé. Il racontait aussi les lieux, les arbres creux qui l'avaient parfois abrité lors d'un cheminement.

- Quand j'ai traversé la forêt de Tronçais, cela faisait dix-huit jours que je m'étais sauvé du convoi qui nous conduisait à la prison de Rochefort. J'étais affaibli et je ne pouvais me nourrir que de pommes données par les femmes que je rencontrais. Aussi miséreuses que moi et compatissantes, ô combien !

De pommes et de nèfles. Délicieuses les nèfles, Sancie, dans ces pays du Centre. Elles reçoivent un coup de gelée et c'est la nourriture de Dieu pour les pauvres hères comme moi à cette époque...

- ...Je disais donc que je me trouvais dans la forêt de Tronçais. Il faisait froid mais, sous le couvert des arbres, j'étais un peu à l'abri. Je serrais ma cape sur moi et je marchais tête baissée contre le vent en me demandant où j'allais bien pouvoir me cacher. Je circulais de jour et de nuit, me reposant lorsque je le pouvais et surtout lorsque j'étais trop épuisé pour mettre un pied devant l'autre. Je pensais à Notre Seigneur et je me disais qu'il avait dû souffrir encore plus en portant sa croix. Je n'osais pas toquer à la porte d'une ferme. Je marchais parfois sur une vieille route, me roulant dans un fourré lorsque je voyais au loin des passants où quand j'entendais du bruit. Si je voyais une femme seule, marchant dans le petit matin avec son panier de pauvres produits qu'elle allait vendre au marché, j'osais m'approcher et le regard seul suffisait. Souvent la femme me glissait un quignon de pain, parfois elle se sauvait en pressant encore davantage le pas, comme apeurée. Jamais une femme ne m'a crié dessus et dénoncé. La compassion serait-elle féminine, Sancie ? Qu'en pensez-vous ?

- ...Je vous disais donc que, cette fois-là, j'étais dans la forêt de Tronçais et que je marchais tête baissée, serrant ma maigre cape contre moi, lorsque je vis un chêne plus imposant que les autres. Il avait un tronc très large, au moins de quatre ou cinq aunes[1]. J'en fis le tour et je vis qu'il avait un creux profond qui pouvait contenir un homme. J'avais froid, j'étais las. Je m'en remis au destin qui me faisait signe et je pénétrais dans ce ventre de bois sombre. Je parvins à m'y couler. Je pus m'y tenir assis, les deux genoux ramenés vers moi, la cape enroulée ne laissant qu'une partie de mon visage à découvert. J'avais moins froid. Je sentais la vigueur de l'arbre, de son bois dur et fort contre mon dos. Je m'aperçus que je pouvais bouger les membres et même allonger les jambes assez aisément. La cachette intérieure était plus spacieuse que ne l'avait laissé entrevoir la faille de l'entrée. Je m'endormis et je restai sans doute assez longtemps inconscient. Je fus réveillé par un bruit de voix. Un groupe passait dans le chemin que j'avais quitté pour me réfugier dans l'arbre creux. Il faisait jour mais j'y voyais comme à travers une sorte de brouillard étoilé. J'entendais les hommes se rapprocher et leurs cris gutturaux. Il s'agissait d'un groupe de bandits ou d'hommes armés poursuivant des fuyards...

- ...J'étais un fuyard. J'étais poursuivi. Je ne bougeai pas. J'étais à présent bien réveillé et

1- Aune = 1,18m ou 1,20m. Mesure supprimée en 1840

j'entendais distinctement les pas se rapprocher. Ils venaient vers le chêne. Je ne sursautai même pas lorsque l'un d'entre eux, debout devant la faille de l'arbre, commença à brailler : *"Qu'la vermine pouvait bien avoir trouvé à se cacher dans c'creux d'arbre-là !". "Ah ! Oui-da ! Ta vermine, c'est une araignée ce coup-ci, grand Berlaud*[2] *!"* Et ils partirent en s'esclaffant...

- ...Tu vois, Sancie, le brouillard étoilé au travers duquel je voyais le jour était une toile d'araignée. Le petit animal avait mis à profit mon silence et mon sommeil pour tisser une toile obstruant entièrement la faille et les chasseurs d'hommes ne m'avaient point vu. Ou, ils n'avaient pas pensé qu'un humain pouvait se cacher là parce qu'une araignée y avait tissé sa toile. Nous aussi nous nous cacherons et ne crains rien, une araignée sera toujours là pour nous protéger. Aie confiance ! Nous parviendrons au domaine des Demoiselles et tu y seras en sécurité.

Les histoires du prêtre calmaient en effet, sans l'effacer complètement, la peur lancinante qui tenaillait Sancie. Elle se prenait à oublier son propre malheur pour imaginer les aventures de son vieux compagnon. Il lui donnait du courage et apaisait aussi les craintes de la nourrice et de l'enfant.

2- Berlaud : patois du centre = balourd, sot.

Ce dernier se nichait contre Sancie et glissait sa menotte dans sa main. Elle serrait les doigts frêles du petit garçon et soupirait enfin, se relâchant un peu, reprenant confiance dans leur équipée et dans son avenir.

La nourrice racontait aussi. Elle prenait le relais du prêtre. Elle racontait des légendes où l'on narrait des sauvetages entourés de magie. Elle aimait raconter celle de la fontaine bouillante ou celle des franciscains du couvent des Bons Enfants. Elle s'occupait aussi de la distribution de la nourriture, celle qu'ils recevaient, celle qu'elle glanait au passage : poires râpeuses, raisins flétris, figues séchées sur l'arbre et *"qui n'étaient qu'un sucre, ma belle !"*.

Le prêtre au cours de sa fuite avait aussi passé une journée caché dans un pigeonnier du Quercy. *"Un joli pigeonnier surmonté d'un lanterneau hexagonal, un peu à l'écart du château qui avait été pillé et dont les ouvertures avaient été barrées de grossières planches de bois."*

Il se souvenait que l'édifice s'élevait sur un tertre dominant un champ de blé. À côté se trouvait un bosquet de chênes où il aurait pu se dissimuler mais il n'avait pas résisté à entrer dans le pigeonnier qui lui paraissait accueillant, protecteur contre le vent et la pluie qui menaçait.

Il était si las qu'il accepterait sans combattre d'être pris, à condition d'avoir, avant, un peu de chaleur et de repos.

Il avait un peu honte maintenant d'avoir montré tant de faiblesse et il voulait que Sancie ait le courage qu'il n'avait pas eu.

- Vous avez été bien courageux pourtant mon père et moi je n'ai pas à me plaindre. Grâce à vous, tous les jours nous sommes à l'abri et bientôt nous arriverons aux Demoiselles. Là, nous serons vraiment sauvés, je le sens et j'ai hâte de m'y retrouver.

Les paroles du vieux prêtre apaisaient ses compagnons angoissés et il poursuivait sans relâche l'histoire de son périple mais, il ressentait encore dans ses vieux os, la peur qui l'avait habité durant ces longs jours, malgré sa foi. Il parlait de tout, les images ressurgissant avec force à son esprit.

Il parlait des sentiers du Quercy le long des espaces de calcaire crayeux :

- J'étais recouvert de poudre blanche comme un Pierrot lunaire !

Sancie commençait à s'intéresser à l'histoire et, nichée contre la poitrine chaleureuse de la nourrice, elle oubliait ses craintes et parfois riait doucement. Le regard étonné du gamin, suspendu aux lèvres du conteur, et ses mimiques, l'amusaient.

Elle se sentait plus forte. Ils ne pouvaient que réussir.

- Vous ne m'avez jamais dit, mon père, pourquoi vous aviez été inquiété et condamné à être emprisonné ?

- Petite Sancie, c'est loin derrière moi tout cela ! Je vais te le dire puisque tu me le demandes. Tout d'abord je n'ai rien fait qui ne soit en accord avec ma conscience et mes convictions religieuses. J'étais le curé d'un village berrichon du pays Fort, là où se terminent les collines de Sancerre. J'avais participé à l'écriture du cahier de doléances et fait soumission au serment du 17 août 1792, celui dit de “Liberté-Egalité” qui était exigé de tout Français recevant un traitement ou une pension de l'État. Cela ne m'assura qu'une liberté relative car les vicaires pouvaient être condamnés à la déportation si, par quelque acte extérieur, ils occasionnaient des troubles ou si, leur éloignement de la paroisse était demandé par six citoyens résidant dans le même département...

- ...Je craignais la délation car les paysans du village étaient divisés et surtout malheureux. Deux familles s'opposaient pour je ne sais quelle histoire ancienne. Un soir que j'étais allé porter l'extrême-onction à un mourant, parent de l'une d'elles, je fus assailli de jets de pierres. Les parents du mourant vinrent à ma rescousse. Il y eut une bagarre générale que je ne pus arrêter.

Une personne fut assez gravement blessée. On m'accusa d'être l'auteur du délit. On m'interrogea avec d'autres participants. L'Accusateur Public et le Conseil des Accusés acquittèrent, sur la déclaration de quelques jurés, les citoyens mis en cause et ils furent remis en liberté. Sauf moi...

- ...L'on considéra qu'il importait de me séquestrer dans une maison de détention car j'étais un individu qui s'était rendu suspect par mon action et ma conduite. L'Accusateur exposa que, dans un moment où toutes les vertus de l'extirpation du fanatisme étaient à l'ordre du jour, il serait dangereux de rendre à la Société un individu qui entretenait le fanatisme dans sa commune. J'ai alors été condamné à la déportation et à rejoindre la prison de Rochefort. J'ai fait partie d'un convoi qui devait se rendre à pied jusqu'à l'estuaire de la Charente. Tu connais la suite : je suis parvenu à m'enfuir. J'ai rejoint Toulon qui était en faveur du Pouvoir Royal et là, j'ai retrouvé ta famille et un vieil ami provençal qui avait fait autrefois le pèlerinage de Saint Jacques avec moi. C'est cet ami, tu le sais, qui m'a enseigné le chemin à prendre pour vous conduire en lieu sûr à Esclans. Voilà, jeune demoiselle : ta curiosité est-elle satisfaite ?

Sancie comprenait maintenant parfaitement le cheminement qu'on lui faisait prendre pour aller retrouver le Domaine des Demoiselles. Un cheminement de nuit, sur les sentiers du pèlerinage, jalonné de fontaines marquées de la coquille et de chapelles cachées où ils se terraient pendant le jour.

Cela faisait maintenant quatre nuits qu'ils avaient quitté Toulon.

Après la Verne et une journée passée dans une grange près de La Garde-Freinet, ils avaient descendu les collines jusqu'à Vidauban. Celui qui leur avait permis de se réfugier dans la grange, un Maurian qui vivait de sa production de châtaignes et de la vente de bois de chauffage, travaillait occasionnellement avec les moines de la Chartreuse. Il avait bien voulu les protéger sur la recommandation des religieux. Comme il devait aller à la tuilerie de Vidauban, il proposa aux voyageurs de les y transporter.

- Ma carriole est vide à l'aller. Si nous partons à l'aube vous serez à une demi-lieue de la chapelle Saint-Michel-sous-Terre. Ne me remerciez pas. Simplement couvrez-vous avec ces sacs si par hasard nous faisons une rencontre. Je vous préviendrai en sifflotant.

Le cheval allait bon pas. Sancie et ses compagnons, serrés les uns contre les autres, appréciaient l'offre. Une véritable aubaine car ils commençaient à être fatigués malgré le jour et la plus grande partie de la nuit passés allongés dans la paille.

Le paysan les laissa au bord de l'Argens. Ils longèrent le fleuve en direction du Nord. Il faisait maintenant grand jour et ils s'obligèrent à marcher sous les frondaisons épaisses des arbres de la berge. Arrivés au lieu-dit d'Entre Aigues, le père les fit obliquer vers l'est.

- Nous devons découvrir un ruisseau très encaissé. À la Verne on m'a expliqué où trouver le Maurian bien sûr, mais aussi une chapelle fréquentée par des personnes dans notre situation. Cette chapelle est souterraine et difficile à repérer. Elle doit se trouver sur notre droite, près d'une gorge où se déverse une cascade. Un saut comme l'on dit en Provence. La chapelle est très ancienne : elle aurait été bâtie bien avant le treizième siècle, à ce moment là elle était vouée à Saint-Pierre. Elle est connue maintenant comme Saint-Michel-sous-Terre. Toujours cette chapelle souterraine a servi de refuge à ceux qui étaient poursuivis. Les fuyards, les réfractaires se réfugiant sous l'aile de l'archange guerrier, c'est tout un symbole !

Tous regardaient avec attention le talus et les bas-côtés, tout en surveillant si les alentours étaient déserts.

C'est le gamin qui dévalait de temps en temps l'espace escarpé sur leur droite qui signala une sorte de petit sentier. Un sentier si étroit qu'ils durent marcher avec précaution les uns derrière les autres. Le chemin serpentait entre des rochers et l'on entendait l'eau gronder sans pourtant l'apercevoir. Le prêtre leur signala d'un geste quelques trous comme percés dans la masse rocheuse sur leur gauche.

- Ce sont des ouvertures pour la chapelle, murmura t-il, nous arrivons à bon port.

Ils débouchèrent en effet sur une sorte de placette qui s'étalait devant l'entrée d'une grotte.

Une entrée un peu abrupte : ils durent gravir puis sauter dans une première chambre qui leur sembla bien sombre.

S'étaient-ils trompés ?

Non, peu à peu leurs yeux s'habituèrent à la pénombre et ils distinguèrent une ouverture en ogive qui donnait sur une seconde chambre plus vaste, éclairée par une ouverture circulaire et une trouée profonde à son extrémité.

Le silence les oppressait.

Ils se glissèrent dans cette seconde chambre qui leur apparut plus vaste qu'ils ne l'avaient tout d'abord perçue : le plafond arrondi était haut et donnait à l'ensemble l'impression d'avoir été taillée comme en dôme.

- C'est la chapelle, murmura le prêtre. Regardez il y a un autel et, dans la roche, une petite niche qui doit servir de tabernacle !

Il chantonna alors en bourdon le Salve Régina puis il leur fit signe de s'asseoir et d'attendre.

Ils étaient attentifs.

Ils perçurent enfin comme le bruit d'un froissement de bois ou d'étoffe grossière, puis une voix qui venait des profondeurs et qui bourdonnait aussi, mais un Noël provençal cette fois. Une petite tête apparut alors, comme surgie du trou profond qui s'ouvrait au fond de la chapelle.

- Au Nom du Seigneur nous demandons assistance, dit le vieux religieux. Nous sommes quatre, un enfant, deux femmes et moi qui suis prêtre. Nous devons nous reposer et nous cacher avant de repartir vers Esclans. Nous étions hier à la Chartreuse de la Verne et...

- Arrêtez mon frère et venez vers moi : il faut descendre encore, le refuge de Saint-Michel-sous-Terre comporte plusieurs niveaux et le plus sûr est au ras du torrent. Le torrent n'est accessible nulle part ailleurs.

Ils descendirent dans les profondeurs en empruntant une échelle de corde que leur hôte récupéra dès qu'ils furent tous en bas. La trappe qu'il avaient franchie fut obstruée :

- Je vous ai entendu venir lorsque vous êtes passés par le sentier et j'ai alors ouvert le passage du fond de la chapelle.

Ils restèrent la fin de la journée puis la nuit suivante et encore toute une autre journée avant de repartir pour leur dernière étape : le Domaine des Demoiselles.

- Le domaine s'appelle maintenant Le Gros Ménage. Tout ce qui peut rappeler la noblesse, même celle d'antan est banni. Cependant la Chapelle Saint-Michel d'Esclans est toujours debout et ouverte. Elle n'a pas été vendue. Les paysans et les notables qui souhaitaient les terres et les bâtiments n'étaient pas intéressés par son achat. D'autre part quand Esclans a été partagé et vendu, les responsables communaux de La Motte et du Muy ont décidé que Saint-Michel resterait paroisse.

- Savez-vous si les fermiers, qui habitaient là vers 1785, sont encore là ?

- Peut-être, je ne le sais pas. J'ai appris que le Marquis de Grimaldi était parti et que ses biens avaient été vendus comme biens nationaux au même titre que ceux d'Esclans. Ces biens ont été considérés comme appartenant aux deux communes qui se les sont partagés et vendus en partie. La Motte et le Muy. Mais il n'y a pas eu de trouble notoire. Nous sommes dans une région sinon apaisée du moins plus calme que celles de l'ouest ou de Grasse. Allez au “Gros Ménage”, c'est le moment du travail sur les arbres fruitiers et sur les mûriers : vous pouvez vous faire passer pour des saisonniers. Si vous jugez dangereux pour vous d'y rester, vous pourrez toujours revenir ici et nous tenterons de vous faire aller à Turin.

Ils repartirent à la nuit pour leur dernière étape, du moins l'espéraient-ils.

Ils suivirent l'Argens jusqu'au village des Arcs mais n'y entrèrent pas. On leur avait conseillé de gagner le Muy en passant par la plaine, de s'arrêter un moment au Bouillidou pour s'y désaltérer à sa fontaine d'eau pure avant de gagner les faubourgs et prendre la vieille route de Callas. C'était un long chemin. Un très long chemin où ils pourraient rencontrer bien des dangers : même en passant par la plaine et les faubourgs car il s'agissait de régions habitées.

Ils craignaient les abois des chiens attachés près des fermes et l'irruption des paysans armés de fourches.

Le chemin était long et hasardeux mais c'était la dernière étape et cela les émoustillait tout en aiguisant la peur qui les tenaillait. Sancie était lasse et l'angoisse l'étreignait. La peur se réveillait, tapie comme une bête mauvaise dans sa poitrine, prête à ressurgir, prête à mordre sauvagement et à la laisser pantelante, comme folle.

La nuit finissait et ils n'étaient pas arrivés.

Ils longeaient des vergers, de longues rangées de vignes. Le soleil naissant éclairait des prés fumants de brumes vaporeuses.

Sancie ressentait une impression bizarre de déjà-vu, de connu mais elle ne savait pas où elle était. Ce n'est qu'en apercevant l'allée de mûriers avec la petite chapelle blanche qui émergeait à peine de la canopée qu'elle reconnut les “Demoiselles”. Ce fut comme si elle n'avait jamais quitté le domaine. La chapelle blanche, les bâtiments massifs accroupis dans la lumière naissante, les vieux mûriers, la terrasse surplombant la ferme.

La terrasse déserte, les fenêtres closes.

“Comme un œil dormant avait-il dit ? ou bien il fallait attendre et trouver un œil dormant pour assurer une greffe sûre…”

Comme il avait été bon pour elle, il lui disait : Tu es ici chez toi petite Demoiselle et moi je suis ton serviteur…

Elle le revoyait avec son grand tablier ceint autour des reins, son regard attentif, ses gestes précis entaillant avec son célèbre greffoir les jeunes plants de mûriers d'Italie...

Ils frappèrent à la porte de la ferme et Jean le Piémontais parut sur le seuil.

Il était sur le seuil, la porte largement ouverte, vieilli, l'air interrogateur, l'air soupçonneux. Sancie voyait derrière lui le bout de la table de ferme, la cheminée où un feu brûlait et sur le manteau de cette cheminée un vieux et grand greffoir accroché.

- Le Madiol ! murmura -t-elle. Le Madiol de mon parrain !

Le vieillard se redressa alors, ses yeux s'adoucirent, il mouilla ses lèvres d'un bref sourire avant de dire :

- Oui le Madiol ! Entre Sancie... Entrez !

Domaine des Demoiselles
Photo Éliane Dissard - février 2009 -

L'histoire du domaine des Demoiselles

(de son nom, de son appartenance à la famille Grimaldi, de sa vocation ancienne de vignoble...)

IIème siècle Av JC.	**785**	**983**	**1044**	**1135**
Existence de la vigne, introduite par les Romains, développée par les grands ordres monastiques.	Bernard Ier, dit Comte Bernard, Ier officier de l'empereur Charlemagne est établi sur une partie du "royaume d'Espagne et des Maures" par l'empereur.	Le village de Grimaud prend le nom de son seigneur Grimaldi ou Grimaldus. Gibelin de Grimaldi appartient à la branche cadette des Grimaldi de Monaco [1].	Le fief de La Motte est donné à l'abbaye de Saint Victor par Guillaume, Vicomte de Marseille [2].	Raymond de Villeneuve, venant d'Aragon, vient en Provence.

1- l'origine du nom du village est contestée par quelques historiens.
2- la vigne est présente à Esclans à cette époque.

1201	1209-1245	Avril 1490	1497	1505
Le château d'Esclans est donné à Géraud de Villeneuve (père de Sainte Roseline) par le Comte de Provence. La Baronnie de Trans est donnée à la Maison Villeneuve par Alphonse de Provence. (Esclans est un terroir situé entre Pennafort et le Muy).	Avènement de Raimond Bérenger (IV ou V) et de son gouvernement. [3]	Dans le Registre des Confirmations, il est fait présent à Louis de Villeneuve (Père puis fils) et à Arnaud (chambellan du Roi) entre autres de Saint Michel d'Esclans et de La Motte par Charles, Roi de France et Comte de Provence.	Charlotte de Villeneuve, fille de Louis, épouse Nicolas de Grimaldy, Seigneur d'Antibes.[4]	La baronnie est érigée en marquisat en faveur de Louis de Villeneuve.

3- Raimond Bérenger(désigné IV ou V selon les textes) eut quatre filles qui furent toutes reines. Il s'agit des ***Demoiselles*** *qui ont donné leur nom à plusieurs établissements en Provence et dans la région de Toulouse (Bois des Demoiselles à Draguignan, Domaine des Demoiselles à Esclans-La Motte, Pont des Demoiselles à Toulouse...)*
** Les quatre reines :*
- Marguerite, l'aînée, épousa Saint Louis, Roi de France en 1234.
- Éléonore, épousa en 1235, Henri III Plantagenet, Roi d'Angleterre.
- Sancie épousa en 1244 Richard de Cornouailles qui fut Empereur d'Allemagne.
- Béatrix, la 4ème, épousa en 1246, Charles d'Anjou, Comte de Toulouse, Comte de Provence (par son mariage) Roi de Naples et des Deux-Siciles.
Raimond Bérenger fut élevé sous la direction du Grand Maître des templiers Guillaume de Montredon et du dominicain Raimond de Pennafort.
4- Louis de Villeneuve, surnommé "Riche d'honneur, Prince d'Avelines et Seigneur de 82 terres nobles" était pensionné par Louis XI et Chambellan de Charles VIII.

XVIème siècle	**1626**	**1675**	**Décembre 1700**	**Révolution de 1789**
Le Marquisat de Trans est adjugé par arrêt du Grand Conseil à Alexis de Villeneuve-Flayosc, aïeul de Jean de Villeneuve, Marquis de Trans, gouverneur de Fréjus.	Jean de Villeneuve teste en faveur de son cousin Antoine de Villeneuve, Baron des Arcs et (Chevalier de l'ordre du Roi en 1672).	Le Marquisat passe à Pierre de villeneuve, branche de Tourrettes (Antoine ayant cédé ses droits).	Mariage de Marguerite Rosseline de Villeneuve Trans (fille de Pierre de Villeneuve) avec Honoré de Grimaldi, Seigneur et Marquis d'Antibes. Dans la dot : le Domaine des Demoiselles.	Le Domaine des Demoiselles prend le nom de "ferme du Gros Ménage". Il appartient à l'émigré Gaspard de Grimaldy.[5]

5- *Gaspard de Grimaldy est appelé Gaspard Paurens.*

-Le Gros Ménage = Le Gros Logis (le substantif ménage est synonyme de logis jusqu'à la fin du XVIIIème siècle.

15 décembre 1793	**11 février 1794**	**Restauration**	**1843**	**1882**
Estimation des biens de Gaspard de grimaldy.	Le Gros Ménage est adjugé en faveur de François Arbault de Draguignan pour 65000 livres. La chapelle n'est pas comprise dans la vente.	(Louis XVIII puis Charles X) Restitution du domaine aux Grimaldi. Le domaine prend le nom de Saint Michel d'Esclans. **6**	Le Domaine revient par héritage en succession du Comte Jean Henri de Grimaldi d'Antibes à son neveu Charles Louis Henri Maxence de Grimaldi.	Adjudication du Domaine pour le compte de monsieur Doublier. Le marquis de Grimaldi donne par bail antichrèse le Domaine de Saint Michel, autrefois "Des Demoiselles", à madame Doublier. **7** Avril 1882, transcription des feuillets hypothécaires pour parvenir à la vente du Domaine de Saint Michel d'Esclans autrefois "Des Demoiselles".

6- Il n'y a pas de date précise pour cette restitution. Il y a peut-être eu rachat grâce au "milliard pour les émigrés" ?
Les textes font l'impasse sur ce sujet : il est simplement signalé dans les actes de la fin du XIXème siècle que le domaine "appartenait aux Grimaldi depuis des temps immémoriaux".
C'est en 1836 que l'abbaye de Valbonne qui avait été confisquée a été restituée aux moines : c'est probablement à cette époque que "Les Demoiselles" ont été reprises par la famille Grimaldi ?

7- Bail antichrèse : abandon des revenus d'une propriété pour les intérêts d'emprunt.

1917	14 avril 1939	1956-1978	De 1978 à 2005	Mai 2005
Vente par Mme Girard-Doublier à monsieur Jean Léautier.	Vente par consorts Allemand à la société S.E.D.A d'un domaine rural situé sur la commune de La Motte... connu sous le nom de *"Domaine de Saint Michel d'Esclans"* et avant sous celui de *"Des Demoiselles"*. -Ce domaine appartient depuis près de 200 ans à la famille de Grimaldi dans laquelle il est entré par mariage en 1700-. [8]	Achat du domaine et exploitation par Marie-Thérèse et Albert Teillaud.	La propriété passe dans les mains de monsieur Camalonga puis de madame Gros.	Achat du domaine par Aurélie Bertin-Teillaud.

***8**- Grimaldi des Princes de Monaco.*

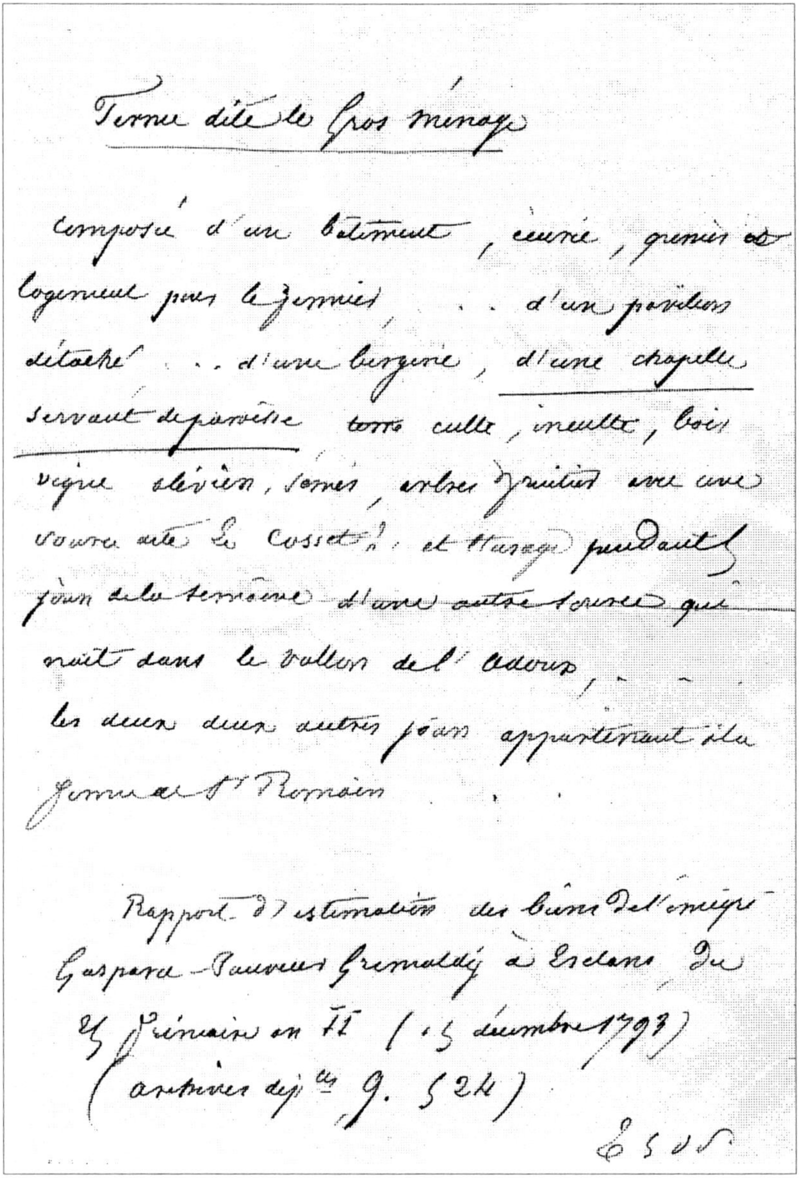
Ferme dite le Gros ménage

composé d'un bâtiment, cuvée, grenier et logement pour le fermier . . d'un pavillon détaché . . d'une bergerie, d'une chapelle servant de paroisse terre culte, inculte, bois vigne olivier, semés, arbres fruitiers avec une source dite Le Cosset ?. et usage pendant les jours de la semaine d'une autre source qui naît dans le vallon de l'Adoux, les deux deux autres jours appartenant à la ferme de St Romain.

Rapport d'estimation des biens de l'émigré Gaspard-Paurens Grimaldy à Esclans du 25 frimaire an II (15 décembre 1793) (archives dép.les Q. 524)

Document d'archives
(rapport d'estimation des biens de l'émigré Gaspard Paurens Grimaldy)

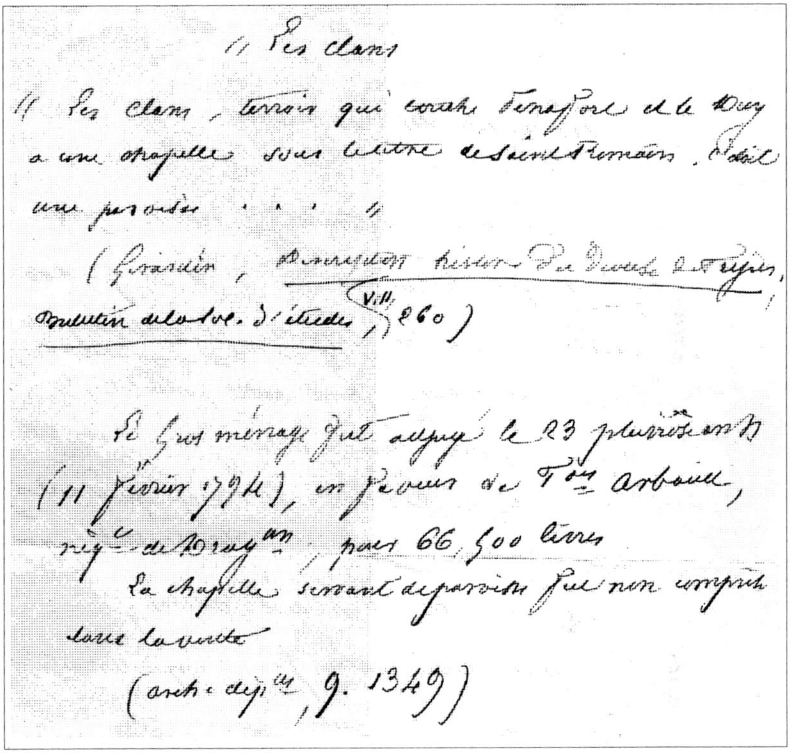
" Les clans

" Les clans, terroir qui contient Lenafore et le Bruy a une chapelle sous le titre de Saint Romain, c'était une paroisse . . . . "

(Girardin, Description historique du diocèse de Fréjus, Bulletin de la Soc. d'études, VIII, 260)

Le Gros ménage fut adjugé le 23 pluviôse an II (11 février 1794), en faveur de Jn Arbouse, négt de Draguignan, pour 66.500 livres

La chapelle servant de paroisse fut non comprise dans la vente

(arch. dép.les, Q. 1349)

Document d'archives
(rapport d'estimation des biens de l'émigré Gaspard Paurens Grimaldy)

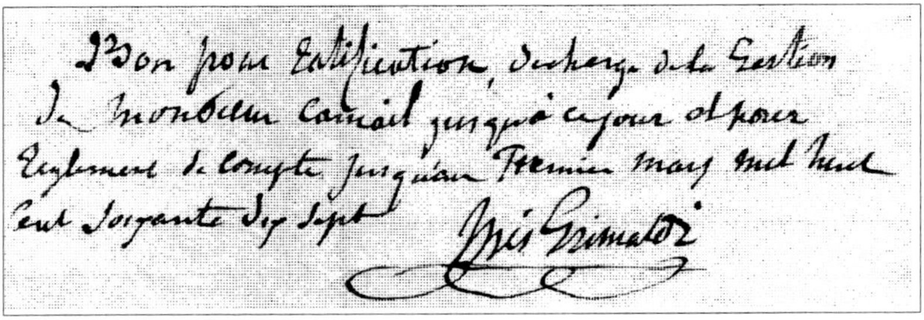
Bon pour ratification, décharge de la Gestion de Monsieur Camail jusqu'à ce jour et pour Règlement de compte jusqu'au premier may mil huit cent soixante dix sept

Mis Grimaldi

Signature du Marquis de Grimaldi (1877)

À Oswald Taxil

Monsieur Taxil
Photo Éliane Dissard

Monsieur Taxil

JE NE ME SOUVIENS PAS si je l'ai repéré dès que nous sommes arrivés dans le village en 1985. Je crois plutôt que c'est il y a une dizaine d'années, quand j'ai commencé à aller faire mes courses à pied chez les commerçants du centre.

Il venait à vélo. Un vélo de femme. Il portait toujours un béret et des vêtements soignés.

Un très petit monsieur, très âgé, toujours très poli. Il entrait chez Georges Rouvier le traiteur et il attendait sagement son tour assis sur l'une des chaises de paille que le commerçant mettait à disposition des clients.

Le sac de toile cirée noire correctement placé à sa droite, il se tenait bien droit, les jambes serrées. Je m'amusais de voir ses pinces à vélo disposées de façon tout à fait symétrique.

Les gens le saluaient et il leur répondait volontiers, levant vers eux un regard bleu de petit garçon. Il semblait heureux de parler. Il souriait. J'ai remarqué assez vite qu'il avait quelque chose à un œil. Une sorte de taie qui rendait l'iris opaque. L'autre œil était bleu.

Moi aussi je pris l'habitude de le saluer :

- Bonjour monsieur Taxil, ça va ce matin ? Pas trop froid à vélo ?

- Bonjour Madame, il fait frais mais ça va. Vous savez, je fais plus de dix kilomètres par jour à vélo et ça depuis trente ans, alors… Et je n'ai qu'un œil, je l'ai perdu, l'autre, à la guerre. Et j'ai été prisonnier sur la Baltique…

Il avait envie de se raconter. En faisant la queue la conversation se prolongeait mais, jamais je ne consacrais assez de temps pour écouter complètement son histoire.

“Faites vite si vous voulez l'interviewer me disaient les gens, c'est qu'il a 96 ans !”

Oui j'avais bien l'intention de prendre le temps de bien l'écouter, de bien comprendre ce qui lui était arrivé. J'étais attendrie. Il avait un ton et un regard si confiants. Si doux. Pauvre petit pépère !

Je le repérais maintenant lorsque j'étais en voiture : il prenait toujours le même chemin. Un bout de la RN 7 puis la déviation qui va à Draguignan jusqu'au carrefour de Sainte-Roseline et là, il tournait à gauche pour entrer dans les Arcs. Il allait tout doucement à cheval sur sa vieille bicyclette. Si lentement que l'on se demandait s'il pourrait se maintenir en équilibre.

Une fois, comme j'empruntais la Nationale pour aller à Fréjus, je le croisais et l'aperçus sur le bas-côté d'en face. Il s'était arrêté et il se tenait debout, appuyé sans bouger, à côté de son vélo. Je pris peur. Avait-il un malaise ? Je fis demi-tour et m'arrêtais près de lui.

- Ça va monsieur Taxil ? J'étais inquiète.

- Oui ça va, merci madame, me répondit-il, juste je me repose à peine…

- Vous allez-bien ? vous n'avez pas besoin que je vous conduise chez vous ?

- Non, madame, merci, ça va. Vous savez c'est que je fais plus de 10 kilomètres par jour et j'ai 97 ans. Je me repose un peu. C'est que je n'ai qu'un œil. L'autre je l'ai perdu à la guerre et puis j'ai été prisonnier sur la Baltique…

Je pensais qu'il faudrait peut-être qu'il vienne habiter au village. En parlant avec les uns les autres je compris qu'il était aidé par l'épicière et sa famille. Chaleureusement aidé avec beaucoup de simplicité et de naturel : il entraînait la sympathie ce petit monsieur Taxil.

"Il ne veut pas venir ici parce qu'il a une chienne. Tant que la chienne vivra, il restera dans sa petite maison isolée de la Gachette. En attendant nous lui portons ses commissions lorsqu'il ne peut pas venir ou qu'il fait trop mauvais temps."

Il passait un long moment dans l'épicerie, assis sagement près de la caisse. Chaque fois que je le voyais, je me disais "c'est vrai, il faut que j'aille le faire parler" puis rentrée chez moi j'oubliais.

Un jour, j'appris qu'il s'était fait voler sa pension. On la lui avait prise chez lui. Soupçonnait-il quelqu'un ? Sans doute, mais il ne le dit pas. L'affaire l'avait pourtant vraiment bouleversé. Il racontait l'agression à tous ceux qui lui parlaient.

"Je venais d'aller la chercher à la poste ! Voyez !"

Quelque temps après sa porte fut fracturée et quelques objets dérobés. Pas grand-chose : il ne possédait presque rien. Un acte de malveillance pour lui faire peur ? Des représailles à cause des soupçons qu'il n'avait pourtant pas formulés ?

Quoi qu'il en soit cela le déstabilisa davantage encore.

"Il venait en plus de perdre sa chienne me dit l'épicière. Alors là il est temps de lui trouver un logement au village. Il est trop isolé à la Gachette et il a dépassé ses 97 ans !"

Quelques mois plus tard il emménagea dans un petit logement près du lavoir Saint Roch et il abandonna son vélo pour un caddie à grosses roulettes. On le voyait déambuler le matin sur la place de la mairie avec ses menues commissions, toujours soigneusement vêtu avec son immuable béret noir.

- Vous savez j'ai été prisonnier sur la Baltique !

- Je vais venir vous voir, monsieur Taxil et vous me raconterez tout ça, la guerre, la Baltique...

- Et l'œil que j'ai perdu ? J'ai été réformé, je vous montrerai les papiers...

- Et moi, je vous photographierai sur votre vélo !

J'ai promis d'y aller un jeudi en début d'après-midi. Je pensais que ce vieux monsieur qui avait connu une vie si mouvementée avant de venir aux Arcs aurait beaucoup de souvenirs et d'anecdotes à me délivrer. J'étais contente et un peu émue d'aller recueillir cette mémoire.

Il allait me raconter sa vie de prisonnier sur la Baltique, les circonstances qui l'avaient amené dans ce pays de neige et de glace. Il allait me raconter l'histoire de son œil perdu. Tous les souvenirs qui avaient marqué sa longue vie. La vie mouvementée d'un petit homme qui allait maintenant sur ses 99 ans.

J'allais dans son petit logement. Il m'attendait. Il avait préparé ses pauvres trésors : quelques photos, deux médailles, son papier de réforme.

J'ai lu les papiers, regardé les médailles, écouté ce qu'il me racontait debout près de sa table, un peu troublé ne sachant pas par où commencer. Ne sachant peut-être plus dans quel ordre et comment tout cela lui était arrivé.

Je suis né à Chateaudouble en 1909.

J'ai le papier de réforme : c'est tout ce que j'ai.

J'ai perdu l'œil à la guerre.

J'ai reçu un éclat ici, ça m'a fait perdre l'œil.

Et après j'ai resté à l'hôpital pendant six mois. On m'a bien regardé l'œil. On voulait même m'enlever l'œil.

J'étais réformé mais j'ai été pris pour le travail. Il y en a beaucoup comme ça. Ça c'était sur la Baltique, quand j'étais prisonnier. Parce qu'ils bombardaient...

J'ai été fait prisonnier à Belmont-sur-Butin, c'est en Alsace ça.

J'étais soldat.

J'ai été fait prisonnier quand ils ont envahi la France.

J'ai été envoyé sur le bateau dans la Baltique avec le fils du maire de Fréjus, il était notaire à Saint-Raphaël.

J'avais 31 ans quand j'ai été fait prisonnier. J'ai 98 ans maintenant !

Les photos. Je n'en ai pas beaucoup.

Là c'est ma fille. Vous l'avez reconnue ?

Elle était toujours à bicyclette avant. Elle est morte à 53 ans. Je l'ai enterrée à Villecroze. Moi ça fait 60 ans que j'ai quitté Villecroze...

Là-bas, sur la Baltique, on déchargeait les bateaux qui venaient de la Norvège, de la Suède.

On n'avait pas beaucoup à manger.

On attendait que l'équipage ait mangé pour prendre les restes. Parce que les Allemands nous donnaient seulement trois pommes de terre bouillies, un peu de margarine, une cuillerée de sucre cristallisé et un bidon de menthe.

C'était tout pour la journée.

Alors on attendait que l'équipage ait mangé pour prendre les restes.

Des fois on descendait du bateau pour aller travailler sur un autre bateau.

On dormait dans le bateau ; les lits étaient l'un sur l'autre.

Je suis resté là 4 ans et demi.

Après on m'a rapatrié.

Je suis arrivé à Villecroze. Comme j'ai refusé de travailler pour l'organisation du STO, on m'a envoyé en Autriche Hongrie.

À villecroze je n'avais rien.

Ma mère était à l'hôpital à Salernes.

Alors j'ai refusé de travailler pour l'organisation du STO... Vous savez ce que c'est ?

L'Autriche Hongrie a été envahie par les troupes soviétiques vers la fin de la guerre.

Ils ne voulaient pas nous faire passer en zone américaine. Ils nous ont gardé à peu près un mois sur la frontière avec l'Italie.

Après les Américains -c'étaient des Noirs américains qui conduisaient des camions- nous ont conduits jusque Gênes.

Et après on nous a montés sur un bateau de guerre et débarqués à Villefranche.

De suite je suis revenu aux Arcs. De suite.

Il n'y avait pas de travail ici, alors j'ai travaillé au Muy.

Je faisais de l'aggloméré de liège. Je vais vous montrer, j'ai eu la médaille d'argent. Voyez les médailles : celle de combattant et celle-là, c'est celle du liège.

C'est le maire du Muy qui me l'a donnée. Comme j'ai travaillé le liège, dessus il y a le chêne liège, vous voyez ?

J'habitais rue de la République. Peut-être vous vous rappelez. Il y avait madame Agnelli en ce temps-là, vous l'avez pas connue ? C'était la femme de l'adjoint au maire.

Soixante ans. Soixante ans rue de la République et puis j'ai été à la Gachette.

À la Gachette ma maison était plus grande qu'ici mais je n'avais pas le confort.

J'avais l'eau par forage, c'est tout.

Ici, c'est petit mais je suis dans le village et j'ai le confort. Ça coûte cher, mais enfin !

J'ai pas beaucoup de dépenses et j'ai une pension de guerre.

Mais la pension de guerre, on la prend pour payer le loyer. Il reste la sécurité sociale.

J'ai gardé mon vélo mais je ne peux plus y monter.

Je faisais 300 kilomètres par mois quand j'étais à la Gachette car je venais tous les jours au village. Maintenant je ne peux plus.

Je suis venu ici quand ma chienne est morte. Je ne voulais pas venir avant parce qu'elle était habituée à avoir de l'espace et ici c'est petit et il y a la rue et la circulation...

Je l'ai en photo : regardez...

Pour la photo que vous voulez faire de moi sur le vélo, il faudra que je le ramène ici. Vous voulez la faire quand ?

J'avais envie de le photographier sur son vélo de femme. J'avais en tête l'image de ce petit homme avec son pantalon gris, serré sur les chevilles avec ses pinces à vélo bien symétriques, son petit veston sombre et son béret rabattu loin sur le front. Toujours la même tenue ordinaire mais soignée. L'image du vieux monsieur Taxil bien droit et roulant tout doucement de la Gachette aux Arcs.

Quand je suis arrivée, le jeudi suivant, pour la photo, il m'attendait en habits du dimanche. Pantalon droit et veste couleur d'automne. Je n'ai pas osé lui demander bien sûr de se changer, j'ai juste parlé du béret qu'il a mis, un peu surpris, et je l'ai photographié.

Jicky et la poste - 1

IL Y A UNE QUARANTAINE D'ANNÉES LA POSTE AUX ARCS OFFICIAIT là où se trouve la mairie aujourd'hui ; vous voyez où il y a la grande porte ? à l'accueil quoi.

Lorsqu'on entrait, l'une des deux postières -qui étaient de véritables viragos- soulevait une sorte d'arceau et vous intimait l'ordre d'aller vous asseoir et d'attendre. Il n'y avait pas à répliquer. Il fallait obtempérer sans discuter. Alors on attendait son tour sagement assis près de la seule cabine de téléphone public. Une cabine absolument pas insonorisée. On entendait tout ce qui s'y disait. Je crois même que certaines prenaient plaisir à écouter. C'était un peu comme un journal radio.

La poste ouvrait à neuf heures. Pas une minute avant, pas une minute après. Elle devait sans doute fermer à midi : je ne m'en souviens pas bien. En tout cas ce n'était pas comme aujourd'hui où l'on ferme à midi moins le quart de façon à ce qu'il n'y ait pas de client poussant les employés à dépasser leur horaire.

Bon, en ce temps-là la poste ouvrait à neuf heures.

Je me rappelle qu'une fois, j'y suis allée et que, trouvant la porte ouverte, je suis entrée. Il n'y avait pas les postières habituelles mais la fille de l'une d'elles qui remplaçait sa mère malade. La fille était en train de passer le plumeau.

Elle m'apostrophe :

- Vous n'avez pas le droit d'entrer ce n'est pas l'heure ! Sortez !

Je refuse.

Elle insiste mais, j'ouvre l'arceau et vais m'asseoir. L'autre continue furibarde à passer son plumeau.

À un moment on entend la cloche qui sonne neuf heures. Je me lève.

- Restez assise ! me crie la harpie ce n'est pas l'heure. C'est la cloche de l'église et nous, nous sommes laïques ! nous ne prenons pas l'heure du curé !

Je me rassois et me relève aussitôt car c'est l'heure de la mairie qui sonne.

- Que voulez-vous ? me demande alors la postière.

- Un timbre !

J'étais venue acheter un timbre !

Un timbre ! je n'avais même pas eu le temps de le lui dire en entrant !

Retour rêvé

Sois sage, Ô ma Douleur, et tiens-toi plus tranquille
Tu réclamais le Soir ; il descend ; le voici :
Une atmosphère obscure enveloppe la ville,
Aux uns portant la paix, aux autres le souci.
...
Loin d'eux. Vois se pencher les défuntes Années,
...
Charles Baudelaire

LE SOL DU CHEMIN ÉTAIT DÉJÀ JONCHÉ DE FEUILLES MORTES. Feuilles de châtaignier à demi pourries qui craquaient encore en s'enfonçant dans la terre humide, feuilles légères de hêtre douces et silencieuses sous les pas. Elle avait laissé sa voiture dans la cour déserte de la ferme, portières fermées, comme elle en avait l'habitude en ville. Ici c'était presque dérisoire, dans ce hameau inhabité.

Les clefs au fond de la poche, elle avait pris le chemin qui traversait les bois, “les tailles”[1], jusqu'au vieux pré des Larderies. Ce nom l'avait toujours étonnée, voire inquiétée. Ladre comme lèpre ?

Dans son souvenir le champ tout en longueur, bordé de bois noirs, avait une herbe peu fournie, sèche, rêche. Peut-être lépreuse. Ou bien le nom venait-il du vieux verbe arder, qui veut dire brûler ? Ou encore de larderon qui est un des anciens noms de la petite mésange bleue ?

Elle retrouvait l'air vif, les senteurs d'humus, de terre lourde et de champignons mais le paysage avait changé. Tout semblait plus étroit, plus engoncé dans des haies qui n'avaient pas été rabattues depuis des lustres. Les tailles avaient profité et se développaient en bataille. Les chênes de belle ampleur se gênaient presque et leurs bases disparaissaient sous des fouillis de buissons et de bois mort. Sur la gauche, en montant, les arbres plus à l'aise dans leur espace s'élançaient vers le ciel dans une indifférence absolue.

La barrière du pré n'existait plus et l'entrée se devinait à peine. Une herbe courte et grise couvrait le sol piqué ça et là de grosses touffes d'ajoncs. Des ronces gravitaient au ras du sol dans un grand silence.

1- Bois exploités que l’on coupe tous les 20 ans pour bois de chauffage essentiellement.

Le ruisseau qui coulait autrefois, clair et abondant, gonflé de pluies printanières était tari.

Où étaient les oiseaux ? Quelques cris aigus modulés en plainte en situaient dans les bois sombres mais aucun mouvement, aucune petite forme ne permettaient d'en distinguer.

Elle resserra le col de sa parka. Une sorte de froid du dehors et aussi de l'âme l'envahissait. Les retrouvailles étaient tristes, presque hostiles. Le chemin, tant de fois parcouru sous le soleil vibrant des juillets d'autrefois, ne la reconnaissait pas et elle ne le reconnaissait, elle, presque plus.

Bon, il fallait revenir, aller vers une des trois maisons et, si elle décidait de rester, faire du feu et chauffer ces vieux murs à l'abandon.

La barrière de la maison la plus éloignée lui resta dans les mains. Pourrie. L'herbe avait poussé jusqu'à la porte et une ronce vivace escaladait le barriau[2], lançant ses longues tiges à l'assaut du mur, ressurgissant sous les premières tuiles du toit en courtes hampes victorieuses.

Quelques années de plus et la maison aurait disparu dans les frondaisons comme le château de la belle au bois dormant.

2- le barreau, demi-porte placée en avant de la porte pleine principale. Quand la porte principale est ouverte et le barreau fermé la pièce profite de l'air et du soleil mais son accès par les bêtes de la basse-cour est protégé. L'accès est "barré".

Ces ronces vivaces, elle eût presque mal au cœur de les couper mais il fallait entrer, ouvrir la porte, pousser les volets, laisser les fenêtres ouvertes.

Comme c'était sombre, petit et humide à l'intérieur ! Les murs avaient moisi et les quelques meubles, épargnés par les héritiers, étaient couverts d'une sorte de mousse blanchâtre. Elle faillit tout refermer et repartir vers la ville prendre une chambre d'hôtel. Quelle idée d'avoir voulu revenir ranimer la maison, y vivre seule un mois ou plus, retrouver l'atmosphère du passé et s'y retremper en jouvence.

Il y avait quand même l'électricité : elle avait pensé à la faire rétablir, mais il n'y avait pas l'eau et elle devrait aller la puiser dans l'ancien lavoir ou dans la fontaine du bout du pré, si celle-ci existait encore. Elle avait quand même quelques heures devant elle avant que le soir ne tombe. Le ciel encore clair charriait des nuages mouvants aux couleurs incertaines. Elle ouvrit péniblement toutes les fenêtres, rabattit même l'unique volet de la chambre du fond enfoncée dans la terre comme une cave.

Le balai, accroché derrière la porte, tenait encore le coup et la citerne sous l'écheneau était pleine d'eau de pluie. Elle consacra une bonne heure à balayer la cuisine, à essuyer les meubles et à faire un premier lessivage.

Elle rapprocha le 4X4 au plus près de la barrière de la cour mais elle ne put le garer devant la maison. La barrière pourrie refusait de s'ouvrir davantage et même de se refermer. Elle sortit tout un attirail de produits et son matériel de camping : glacière, chaise et table. Elle mangerait dehors et coucherait probablement dans la voiture : il y avait assez d'espace pour qu'elle puisse s'allonger dans son duvet et y être à l'abri.

La maison lui faisait presque peur maintenant et tant que la vie, le jour, le feu, la chaleur ne seraient pas revenus elle se refusait à s'enfermer entre les murs sombres.

Il y avait comme une sorte de lourd reproche qui suintait des murs. La lumière qu'ils n'avaient pas vue depuis des années soulignait et ravivait leurs blessures rongées par le salpêtre. Le jour pâle éclairait leur moisissure lépreuse moussant en lèvres blanches et en rictus noirâtres. Il n'y avait plus d'âme amie ici, plus que cette plainte coléreuse, presque menaçante des vieux murs. Un tombeau vide suintant sa misère, son abandon, sa douleur vengeresse. Ile de solitude. Ile de douleur. Les volets mal attachés se fermaient et se rouvraient en battements d'ailes désespérés.

C'était si pesant, si morbide, si silencieux malgré ces claquements sourds du bois contre les murs qu'elle ne put en supporter davantage. Elle laissa tout. La lessive, les bassines, la poudre, les brosses.

Elle s'enfuit comme si elle était menacée, parce qu'elle était attaquée.

Laissant la porte et les fenêtres béantes, les grandes tiges de ronce, déjà flétries et mortes, en tas dans la cour sur l'herbe folle piétinée. Elle grimpa à toute vitesse dans sa voiture et bloqua les portières.

"Folle, tu es folle ma pauvre fille, tu aurais pu au moins tout refermer..."

Le cœur battant à grands coups elle réussit à mettre le 4X4 en marche. Sans un regard sur la maison abandonnée, dans le bruit rassurant et familier du moteur, elle fit marche arrière, traversa la grande cour et gagna le chemin qui menait en vagues montantes hors du gouffre, vers la civilisation. Vers la vie.

Quand elle atteignit la route, elle roula sur quelques dizaines de mètres puis freina. En contrebas le soleil mourant avait disparu. Un voile de brumes montait en chandelles du hameau caché dans le vallon forestier.

Vitre ouverte elle contempla le paysage comme engourdie. Il lui semblait voir surgir, dans ces voiles de brouillard, la silhouette silencieuse et illusoire des êtres disparus. Le cri aigu de la buse la transperça et elle repartit le cœur palpitant d'angoisse.

Elle ne reviendrait pas. Elle ne reviendrait plus jamais.

F comme Fâcheuse, R comme Rencontre

"Comme la mouche guespe picque et offense aultruy, mais plus soy mesme, car elle y perd son aiguillon et sa force pour jamais."

Montaigne

VENDREDI, EN DÉBUT D'APRÈS-MIDI, MARC ME DIT :

- Je me demande si les guêpiers ont commencé à nicher ?

Il fait beau, il y a un léger vent qui calme le début d'ardeur du soleil. Nous sommes en mai et les guêpiers, les “chasseurs d'Afrique” comme les appellent les Méridionaux, sont passés au-dessus de la maison, en direction du fleuve, il y a une bonne semaine.

- Si tu veux, nous pouvons aller les voir ce soir, vers six heures, six heures et demie... Nous pourrions appeler Jeanne. Elle aurait peut-être envie de venir ?

Marc appelle Jeanne. Ils se mettent d'accord. Un peu avant six heures, elle arrive grimpée sur son vélo. Elle l'appuie contre le figuier et nous partons tous les trois, en 2CV, vers le fleuve.

Nous franchissons les deux ponts et empruntons la piste forestière. Marc se gare près de la maison du garde et nous poursuivons à pied jusqu'à l'espèce de grande plage que l'Argens a formée il y a une dizaine d'années.

Il y a des galets et du sable, d'énormes embâcles près de la rive et une multitude de buissons à peine feuillus qui parsèment l'espace. Nous sommes obligés d'aller tout au bord du fleuve qui longe une haute falaise de terre.

Peu de courant. “3 Mince d'eau” comme diraient les Québécois. La sécheresse s'annonce précoce et plus forte que les deux dernières années. Il n'y a personne sur la plage mais elle est fréquentée : des restes de feux de bois, des morceaux de bûches calcinées, des canettes vides témoignent du passage d'humains.

Dans le ciel quelques vols de guêpiers.

Sur les grands arbres qui bordent les étendues

d'eau stagnante, près de l'ancien lit délaissé par le fleuve, nous comptons une douzaine d'oiseaux. Avec les jumelles nous les distinguons parfaitement : bout des ailes et queue vertes, poitrine bleue, crâne et dos roux souligné de jaune.

Nous allons le plus près possible de l'Argens, en face de la falaise où sont les trous des nids. Deux paraissent déjà habités : il y a des traînées de fientes blanches.

Nous nous asseyons contre les buissons, sur le sable, dans un petit renfoncement et nous observons tout en parlant. Les oiseaux tournoient maintenant au-dessus de nous. Ils sont nombreux et actifs. On n'entend que leurs cris si caractéristiques : des *crruc*, des *crruic* roulés et liquides… Nous nous passons les jumelles.

À un moment nous entendons sur la droite, venant du chemin dominant le cours du fleuve, le bruit d'une moto. Je sais qu'il y a une piste qui passe là, à mi-flanc de la colline, une piste qui va jusqu'à la limite du Muy. Nous regardons de ce côté. Entre les arbres je vois la moto. Le type qui est dessus s'est arrêté et nous regarde. Il repart.

Peut-être dix minutes après, nous voyons un gars, le motard, surgir à pied sur notre gauche.

- À qui, dit-il, est la Mercedes verte garée un peu plus loin ? À vous ? Vous savez que c'est interdit de circuler en voiture dans la forêt ?...

- Nous avons un permis de circuler, l'interrompt Marc.

- Vous êtes des veinards, vous !

- Nous venons observer les oiseaux répond calmement Marc, je suis de la LPO (il porte d'ailleurs un tee-shirt blanc avec des dessins d'oiseaux et le sigle de la Ligue Protectrice des Oiseaux très visible).

- Ah bon, je comprends. Mais, si moi je vous ai dit ça c'est parce que c'est interdit et que vous pouvez avoir une amende. C'est à cause des incendies. Moi je vous dis ça, ce n'est pas pour vous embêter mais l'amende à payer est forte et c'est interdit de circuler dans la forêt à cause des incendies…

Nous sommes assis et il est en face de nous un peu penché. Il n'a pas l'air de bien comprendre tout en assurant nous avoir compris.

J'interviens à mon tour :

- Nous regardons les guêpiers et nous avons une autorisation signée et donnée par la mairie…

Il se redresse et part.

Il disparaît rapidement de notre vue et nous reprenons notre observation après nous être regardés, un peu interloqués, par cette rencontre.

- Il défend son territoire avance Jeanne. Les incendies ont profondément marqué les riverains…

- À moi, il ne semble pas net. Il a peut-être bu ?

Et Marc à son tour :

- Ce n'est pas le garde de l'ONF que nous connaissons bien et qui est d'ailleurs le seul pour cette forêt ? pour plusieurs communes même !

Sur ce, nous entendons un bruit de voix. Nous ne comprenons pas bien. Les quelques mots, prononcés d'un ton rageur, le sont par une seule personne, nous entendons quand même nettement “La conne !” et voilà notre motard qui revient, qui s'accroupit face à nous et qui recommence son discours. Il se tourne vers moi et m'interpelle :

- Quand je vous parle, regardez-moi !Tournez-vous vers moi !

Je comprends que j'ai affaire à un déséquilibré.

Mes jumelles à la main, je le regarde calmement. Je ne saisis pas très bien ce qui motive son agressivité et la logique de son discours, bien que réelle, m'est obscure.

Il n'y a pas de danger car nous sommes trois face à l'énergumène et nous avons tous les trois compris d'emblée qu'il fallait rester calme et ne pas entrer dans une polémique qui pourrait dégénérer. Malgré tout le malaise est palpable. Après quelques propos d'une menace à peine voilée, il part.

Nous restons encore une demi-heure. Les guêpiers sont nombreux à voler au-dessus de nous. Nous les distinguons à la perfection.

Ils sont superbes. Nous admirons leur vol rapide et sans à coups, leurs couleurs resplendissant au soleil. Flèches vertes et bleues ponctuées d'or et de roux. Leurs ailes brillantes paraissent translucides à contre jour : bleu-vert sur ciel bleu.

Il est presque 7 heures. Nous repartons prendre notre “Mercedes verte” (en fait notre fière et vieille 2CV !).

- J'espère, dit Marc, que cet hurluberlu ne nous aura pas crevé les pneus…

Non, rien : tout est normal.

Nous quittons la forêt. Marc conduit. Jeanne est montée devant, à côté de lui. Moi je suis à l'arrière.

Après le deuxième pont, sur la route, voilà qu'arrive en face de nous, le motard.

Il nous barre le passage, nous obligeant à nous arrêter.

- J'ai, dit-il, un cadeau pour vous. Et il cherche sous son pull, découvrant une bouteille au passage. Il sort deux papiers qu'il me tend à travers la vitre ouverte. Puis il reprend, s'adressant à Marc et à Jeanne :

- Vous, vous pourrez revenir car vous êtes corrects mais toi, me dit-il, tu es irrespectueuse ! Tu as de beaux yeux mais tu es irrespectueuse ! Je ne veux plus te voir ici ou alors… Vous ça va mais toi ! Et il recule un peu son engin tout en marmonnant :

- On va pas se laisser enfumer ! Non, quand même!

Nous en profitons pour repartir.

Nous n'avons pas dit un mot mais j'ai ces fameux papiers, le cadeau, entre les mains.

Je les regarde : ce sont deux photocopies d'une carte d'identité, recto et verso.

Je lis, sans d'abord comprendre, que le gars s'appelle “Frelon”, puis je fais le rapprochement. Moi je lui ai dit que nous observions les guêpiers. Dans sa cervelle un peu troublée, par le vin peut-être, il a pensé que je me moquais de lui. Un frelon, c'est une grosse guêpe. Il ne sait probablement pas que les guêpiers, que je lui ai dit observer, sont des oiseaux. Que mes paroles n'ont rien à voir avec son nom. Un nom qu'il a sans doute eu du mal à porter, qui lui a valu des moqueries qui l'ont blessé.

Fâcheuse rencontre et drôle de malentendu. Nous avons, je crois, bien fait d'être calmes, de ne pas répondre et bien fait... d'être trois ! Que se serait-il passé si j'avais été seule et qu'il m'ait accostée, près du fleuve, observant les guêpiers ?

La seule chose marrante dans cette aventure, c'est qu'il m'ait dit que j'avais de beaux yeux ! Ça fait bien un bail que l'on ne me l'avait dit !

Noisettes terrifiées

AVEC LA PLUPART DES GENS on a, en fait, deux conversations. Celle que l'on exprime oralement et celle cachée. Celle cachée sous celle qu'on tient : on sent la peur, la fierté ou la vanité de son interlocuteur. C'est comme un deuxième discours parfois tellement fort qu'il vous reste en mémoire supplantant l'autre qu'on oublie.

Je garde au fond de moi, et ce souvenir me ronge, ce que je comprenais, au delà des quelques mots ou des soupirs de Ludivine enregistrés sur mon répondeur. Derrière sa voie rauque, derrière ses soupirs.

Ludivine était une amie de mes parents. Ils s'étaient connus en 36. Mes parents appréciaient surtout son mari, un intellectuel un peu baba cool, au physique distingué et à la langue châtiée.

Elle, Ludivine, semblait dépareillée à son côté. Elle avait un physique et un parler vulgaires. Pourtant le couple s'entendait plutôt bien. Mes parents étaient parfois choqués par tout ce que représentait Ludivine, par sa voix rocailleuse de poissarde, ses réflexions frolaient parfois l'odieux, mais ils appréciaient tellement Charles qu'ils l'acceptèrent finalement. Son mari la surnommait tendrement "Divine". C'était surprenant et un peu troublant mais ma mère prit aussi l'habitude de l'appeler "Divine".

Quel couple disparate !

Charles souffrait d'une sclérose en plaques et il mourut quelque temps après la libération en septembre 1945. Ludivine commença alors à travailler sur les marchés. Cet emploi lui allait bien. Elle savait d'instinct achalander le client. Elle était d'humeur gouailleuse et ses réparties amusaient le public. C'était une excellente vendeuse.

Elle travaillait avec un marchand de fruits et légumes qui était compétent mais un peu complexé. Il avait eu une expérience douloureuse avec sa première femme qui l'avait laissé tomber lorsque ses enfants s'étaient établis. Il vivait seul, l'essentiel de sa vie était le marché, il travaillait beaucoup. Ludivine le bousculait un peu. Il l'appréciait comme vendeuse mais elle lui faisait un peu peur comme femme. Elle était si vive, si entreprenante, si débordante de vie, si caustique aussi.

Ludivine alla quelquefois avec lui aux Halles puis cela devint une habitude. Ils partaient dans le petit matin, avant l'aube parfois. Ils choisissaient, chargeaient les légumes et les fruits dans la camionnette puis ils allaient retrouver les autres commerçants pour un solide casse-croûte au "Pied de cochon".

Là, Ludivine s'en donnait à cœur joie. Elle apostrophait les hommes, les charriait, riait à gorge déployée de ses propres blagues. Elle était pratiquement la seule femme dans le bistrot et lorsqu'elle arrivait des hourras l'accueillaient.

Par contre elle ne se laissait pas pincer les fesses : elle avait retourné une baffe à ceux qui avaient tenté de le faire dans les premiers temps quand elle avait fait une sortie plutôt crue avec une voix grasseyante qui poussait à l'invite.

Son patron souriait. Il tomba bientôt sous le charme. Ils passèrent leurs vacances ensemble et partagèrent rapidement le même lit.

Jean adorait sa "Divine". Son "mamour".

Elle était plus âgée que lui, elle était lourde dans tous les sens du terme, grossière, inculte mais pleine de vie et sûrement pleine de qualités bien cachées qui font souvent le bonheur des hommes.

Le nouveau couple fréquentait mes parents. Jean avait pris tout naturellement la succession de Charles. Il était d'ailleurs si gentil, si aimable que cela se fit sans réserve, passé la surprise lors de la première rencontre.

Ludivine et Jean travaillaient dur toute l'année mais ils se payaient du bon temps pendant leurs vacances. Hôtel bien sympa, bons, très bons restaus.

Quand ils passaient par le Sud, ils invitaient mes parents dans le meilleur relais gastronomique de la région. Ludivine était impayable et les convives ne pouvaient s'empêcher de rire à tout ce qu'elle disait. Elle portait des jugements sur tout frôlant parfois l'odieux, elle faisait beaucoup de fautes de langage mais elle s'en foutait. Je me souviens d'une fois où elle commanda au serveur d'un ton qui ne souffrait aucune réplique "des noisettes terrifiées" !

Cette figure de style me resta et chaque fois que j'entendais parler de Divine : je pensais "noisettes terrifiées".

Quand mes parents disparurent je continuais, au moins une fois par an, à échanger des nouvelles avec Jean et Ludivine.

Un jour je dus aller dans la région parisienne et je passais un coup de fil à Ludivine :

"Venez, venez à la maison. Jean vous fera à déjeuner parce que moi j'n'peux plus. J'ai du mal à marcher. Ça nous fera plaisir. Venez. Jean, il vous fera son pâté bourguignon et du homard !"

J'avais téléphoné, j'avais dit que j'allais à Paris : je ne pouvais pas ne pas distraire un peu de mon temps et j'acceptais l'invitation à déjeuner.

Dans le petit appartement, je trouvais la table mise, Jean aux fourneaux et Ludivine, grossie et impotente, affalée dans un fauteuil.

Elle était lourde, brune, les chairs affaissées commandant Jean en véritable despote. Lui, il faisait tout ce qu'elle lui demandait, heureux et souriant : *"Oui, mon amour"*.

Après le déjeuner, qui avait été somptueux (Jean s'était vraiment dépassé !), nous avions laissé Ludivine se reposer et avec Jean j'avais fait une petite balade le long de la Marne.

Le temps était incertain, il tombait une sorte de petit crachin qui humectait mes cheveux et les faisait boucler. Les berges de la rivière étaient transformées : il n'y avait plus de détritus, de fouillis désolant mais un sentier uni bordé d'une pelouse naturelle d'où s'élançaient, ici et là, des tiges fleuries de roses trémières. L'eau coulait rapide et silencieuse. Les îles envahies d'une végétation abondante et survolées par de nombreux oiseaux agrémentaient le paysage et il nous semblait être ailleurs, loin de la ville.

Jean parlait peu. Il me dit cependant être préoccupé par la santé de Divine. "Je dois l'aider pour tout maintenant, la toilette, le cabinet. Parfois je dois même la faire manger. Ma pauvre petite “Divine”. Je ne sais pas ce que je ferais si elle disparaissait !"

Elle n'avait pour ainsi dire plus personne de son côté : deux neveux qu'elle ne voyait jamais. Elle s'entendait bien, d'après Jean, avec ses enfants à lui. Elle est aussi très gentille avec eux. Généreuse.

À peine deux mois après ce plantureux déjeuner Ludivine nous téléphona : Jean était mort subitement d'une crise cardiaque.

- Il ne m'a rien dit. Il devait déjà être malade. Il ne m'a rien dit et je suis seule maintenant…

Elle était à la fois désemparée et vindicative. Sa situation m'émut. Je la laissais parler, se confier avec ses pauvres mots. À mes questions elle me répondit qu'une des filles de Jean était venue et s'occupait des obsèques. J'aurai un faire-part.

Elle, Ludivine s'en était personnellement occupée : elle en avait choisi un beau illustré de petites roses en bouton. Elle comprenait que je ne pouvais venir, elle avait seulement voulu me prévenir. Elle aborda la question de son avenir : elle ne pourrait rester seule. Je lui dis que je pourrais venir quelques jours avec elle l'aider à trouver une solution : aide ménagère, portage de repas, contact avec les services sociaux de la mairie.

- Vous croyez ? vous croyez que je peux avoir quelqu'un qui vienne et qui me fasse à manger ?

- Quelqu'un qui viendrait tous les jours pour la toilette et le ménage oui, pour le repas peut-être mais il existe un service de portage des repas dans votre commune. Je vous expliquerai tout cela. Rappelez-moi pour me dire si vous voulez que je vienne.

- Mais vous coucherez où ? c'est que je n'ai qu'un lit et il faut me faire lever la nuit…

- Je m'arrangerai Ludivine. L'essentiel c'est de trouver une solution : soit nous pourrons vous organiser une petite vie dans vos meubles sans trop changer ce qui vous entoure soit nous trouverons autre chose en suivant les conseils de l'assistante sociale de la mairie. En attendant, dans les deux ou trois jours à venir n'entreprenez rien puisque la fille de Jean est là et qu'elle se charge de faire le nécessaire pour son père.

Je la sonnais le surlendemain mais il n'y avait personne. J'avais reçu le faire-part avec les roses en bouton. Elle avait gribouillé sur les noms : *c'est la fille qu'est dans la Nièvre*, *les petits enfants,* etc.

Je l'imaginais commandant aux uns et aux autres de sa voix geignarde et autoritaire.

Je pensais que peut-être la fille de Jean, avec laquelle comme le disait Jean justement elle avait été "gentille et généreuse" resterait quelques jours ou la prendrait chez elle quelque temps afin qu'elle récupère.

C'est Ludivine qui m'appela. Elle était effectivement partie se reposer dans la Nièvre avec les enfants de Jean.

- Vous allez y rester combien de temps Ludivine ? Si vous êtes rentrée en juillet j'irai comme je vous l'ai promis vous aider à vous organiser.

- C'est que mes meubles sont démontés ! Et nous sommes passés chez mon notaire : maintenant mes affaires ne sont plus chez lui mais chez celui des enfants. Je pense que je vais rester chez eux mais ce qui m'embête c'est que j'ai pris la chambre de leurs gamines. Et les gosses entrent sans arrêt pour prendre une chose ou une autre. Le bruit m'agace. Quand je suis en bas dans la salle à manger les cris m'étourdissent. Elle devrait les corriger davantage !

J'étais surprise de la rapidité qui avait été celle entourant le départ de la vieille dame : les meubles démontés comme s'il était décidé de quitter l'appartement, le transfert des papiers du notaire habituel à celui de la Nièvre, le silence qui avait entouré ces opérations. Il est vrai que je n'avais pas à être informée et que peut-être cela avait-il été envisagé avant en pensant au décès de l'un ou l'autre.

Tout cela avait l'air normal sauf que Ludivine, pourtant très prolixe, ne m'en avait pas touché un mot lorsqu'elle parlait de sa situation future. D'une situation qui la préoccupait comme si justement on ne l'avait jamais envisagée. Comme elle était en triste état, quasiment impotente et beaucoup plus âgée que Jean, il était sans doute prévisible que ce soit elle qui parte la première et alors Jean serait allé chez ses enfants. Lui était capable d'ailleurs de rester sans problème dans son appartement.

Enfin, la solution trouvée était peut-être la bonne. Malgré tout deux choses me titillaient : la rapidité des faits et ce que m'avait dit "Divine" à propos des gosses qui la dérangeaient.

Elle n'y allait pas de main morte ce vieux coucou ! Il ne serait sans doute pas admis, et c'était bien normal, que les parents repoussent ou briment leurs gamines pour faire de la place à ce gros corps étranger ! À moins que l'argent dont elle dispose ne la rende attractive…

Ludivine me rappela deux ou trois semaines après.

- Je suis dans la merde ! cria t-elle. Il faut m'en sortir !

En fait la situation s'était rapidement détériorée et la vieille dame se retrouvait dans une maison de retraite située à quelques centaines de mètres de la maison qu'elle venait de quitter.

En discutant avec Ludivine je ne la trouvais pas si mal installée. Elle était en chambre individuelle, à l'étage sur sa demande.

- Ce n'aurait pas été mieux au rez de chaussée ?

- Oh non, en bas il n'y a que des handicapés !

- Il y a sans doute aussi l'accès facile au parc ?

- Non, je préfère l'étage même si je n'ai comme vue que la porte des chiottes !

Et elle recevait une visite journalière.

- Elle tient mes comptes, vous comprenez. C'est que j'ai de quoi, mais je m'embrouille avec les euros. Déjà que je me mêle les pinceaux entre les nouveaux et les anciens francs ! Mais j'ai de quoi. J'ai pour vivre bien jusqu'à 100 ans au moins. Je préfèrerais être ailleurs que dans une maison de retraite. Dans une famille… J'ai de quoi…

Sous-entendait-elle qu'elle voulait venir chez moi ? Cela je ne le voulais pas et je ne poussais pas les investigations en ce sens. Le sous-entendu me paraissait trop révélateur.

- Il existe des familles d'accueil, Ludivine, ou même des foyers logements où l'on est indépendant tout en étant très aidé.

Elle me demanda de faire des recherches, de prendre des contacts :

- Je regrette d'avoir quitté mon appartement. On m'a fait démonter mes meubles. Ils sont au garde-meuble, je n'ai avec moi que ma télé et la voiture. La voiture, elle est chez eux mais elle est à moi.

Je lui communiquai par écrit quelques adresses de familles d'accueil que j'avais trouvées sur internet.

Elle m'appelait tous les jours. Aucune famille ne lui convint : elle voulait être seule mais chaque famille agrémentée prenait trois pensionnaires. Elle ne voulait pas être avec d'autres vieux à table et surtout pas avec des handicapés.

J'échangeais avec elle par téléphone et par écrit.

Il me semblait qu'une lettre qui peut être relue était préférable. Elle me demanda alors de chercher dans ma région, le Sud, un foyer logement. C'est ce que je fis et je trouvais une opportunité avec un essai de quelques semaines. Elle semblait assez satisfaite mais se demandait comment elle ferait le déplacement.

- Il faut le faire après avoir pris contact avec l'assistante sociale et vos neveux Ludivine. Moi je ne puis rien faire d'autre que ce que j'ai fait, c'est à dire vous donner les renseignements, vous faire part des possibilités qui sont offertes…

Elle pensait sans doute que j'irais la chercher et qu'elle ferait étape chez moi. Et alors si l'essai qui suivrait s'avérait négatif ? Je craignais de comprendre. Je parlais du déplacement qui ne pouvait être qu'organisé par l'assistante sociale ayant mis sa famille, c'est-à-dire ses neveux, au courant.

Elle me raconta aussi qu'elle devait aller chez le nouveau notaire. Pour signer. Pour signer quoi ?

- Faites attention Ludivine, ne signez pas n'importe quoi, essayez de prendre contact avec les services sociaux de votre ancienne commune si vous ne voulez pas consulter ceux de votre actuelle maison de retraite. Téléphonez aussi à vos neveux…

Sur ce, la fille de Jean téléphona. Elle semblait courroucée.

- Qu'est-ce que c'est que ces lettres ! Elle est bien où elle est ! Vous ne savez pas ce qu'elle nous fait voir ! Elle est odieuse. Elle jette exprès des noyaux de cerise par terre pour voir si on fait bien le ménage dans sa chambre ! Si elle avait voulu d'un foyer logement, nous lui en aurions trouvé un par ici. Ce n'est pas ce qui manque mais avec son caractère et aussi son impotence ça m'étonnerait qu'on la prenne. Elle est odieuse ! elle exige sans arrêt. Chez moi, il fallait même que je la torche ! Arrêtez de lui écrire, vous nous rendez la vie impossible.

La diatribe me saisit mais ne m'étonna pas. Je pensais, au fond de moi-même qu'il y aurait indubitablement une réaction.

Je répondis très calme que j'avais simplement répondu aux demandes d'une vieille amie de mes parents qui me semblait isolée.

- Elle n'est pas isolée, je viens la voir tous les jours. Ce qu'il y a c'est qu'il faut qu'elle s'habitue et vous la perturbez. Laissez passer l'été sans lui écrire et sans lui répondre au téléphone. En automne nous verrons s'il faut changer quelque chose.

J'acceptais.

Je comprenais qu'il y avait comme une menace sous-jacente derrière ces paroles. Je n'étais pas la famille, je me mêlais de ce qui ne me regardais pas, j'avais peut-être des intentions cachées. J'en voulais peut-être à l'argent de Ludivine ?

- Un conseil me dit enfin ma correspondante : bloquez votre téléphone car elle va vous appeler tous les jours. Promettez-moi, puisque nous en avons convenu, de ne pas lui répondre, de ne pas décrocher.

Je promis.

Je ressentais comme un malaise mais j'étais comme délivrée. L'ampleur de la charge m'effrayait même si je me doutais qu'il y avait un parfum d'escroquerie derrière tout cela. Je ne me voyais pas prendre en charge Ludivine, contre vents et marées puis m'occuper de cette personne pour laquelle je n'éprouvais pas, ni réelle sympathie ni intérêt relationnel. Un mois ou deux ne seraient pas si longs à passer et en octobre je prendrais des nouvelles.

Alors, commencèrent les appels incessants de Ludivine.

Elle appelait jusque trois ou quatre fois par jour. Je ne répondais pas mais pour l'apaiser, je lui écrivis une carte comme si j'étais partie en vacances : *Nous reprendrons contact à la fin de l'été, en attendant profitez du parc et du bon climat de la Nièvre.*

Je ne sais si on lui remit cette carte, toujours est-il qu'elle continua à appeler. À la fin, elle ne prononçait que quelques mots :

- C'est moi, Ludivine.

Et elle me nommait en déformant mon prénom.

- C'est moi… Voix rauque et souffle et soupirs.

- C'est encore moi…

- C'est Divine…

- C'est moi.

Puis rien, pas un mot mais d'énormes soupirs qui me faisaient tressaillir.

Je tressaillais à chaque appel.

Pauvre noisette terrifiée.

Ses soupirs, sa voix rocailleuse me rendaient malade mais je résistais.

Quelle hypocrisie de ma part ! je ne voulais pas céder et prendre une charge si lourde.

Pourquoi aussi ce mutisme de sa propre famille ? de ses neveux ?

Puis les appels cessèrent.

Je respirais.

Je me donnais bonne conscience : elle avait dû s'adapter.

Le 8 octobre je trouvais dans ma boîte à lettres un faire-part ordinaire, glacial dans sa sécheresse. Ludivine était décédée dix jours plus tôt et on l'avait enterrée -selon ses désirs- à côté de Jean.

Ce fut tout.

Aucun commentaire, rien de ce qui avait provoqué la mort, la fin de Divine, de la pauvre noisette terrifiée.

Jicky et la poste - 2

IL Y A UNE QUARANTAINE D'ANNÉES le facteur qui faisait notre quartier distribuait le courrier à pied. Il avait une sorte de grosse musette sur le dos. Je ne me souviens pas du nom du facteur dont je vais vous parler, ce n'était pas Mimile toujours, ça j'en suis sûre. Celui-là faisait donc sa tournée à pied. Une de mes voisines attendait un petit paquet. Elle attendait sa bague qu'elle avait fait resserrer.

Un matin, elle faisait sa vaisselle sur sa pierre d'évier, éclairée par un petit vasistas qu'elle tenait ouvert. Comme elle fourrageait dans son placard, elle entend un petit ploc mais elle n'y prend pas vraiment garde. Elle se remet à sa vaisselle et quand elle vide sa bassine voilà qu'elle trouve un petit paquet tout mouillé : le facteur le lui avait lancé par le vasistas !

À mon amie Wadussa Upinue
qui aime et m'a fait aimer son île natale Lifou.

Case du chef de Wetr (île de Lifou)

Lifou, des ténèbres à la lumière

LA DEUXIÈME TRIBU, celle des “Upinue”, s'était établie sur la partie la plus haute de l'île, au Nord, sur Wetr l'élevé.

Là, la forêt était dense mais de nombreuses clairières qui s'allongeaient jusqu'aux falaises permettaient une récolte abondante d'ignames et de taros. Les grottes profondes avaient toutes un trou d'eau claire parfois dans un goulot qui semblait s'enfoncer loin dans les entrailles de la terre mais que les “Upinue” savaient atteindre.

La mer proche avec ses vagues et ses bouillons d'écume blanche qui battaient les falaises n'était pas une ennemie.

Les hommes empruntaient une plage ou des baies en entaille étroite pour y accéder ou en revenir mais, ils étaient aussi tous capables, dans la tribu, d'escalader les grands murs de calcaire.

Les "Upinue" pêchaient et ramassaient des coquillages quand la mer se retirait au loin mais ils étaient essentiellement des agriculteurs. La plaine herbeuse était leur terre de prédilection. Sur cette terre si haute qu'ils avaient l'impression de toucher le ciel, ils cultivaient l'essentiel de leur nourriture, admirant et vénérant tout ce que la nature leur offrait : les filaos se balançant au vent, le vol de la mouette, flèche blanche tracée sur le ciel d'un bleu profond, l'odeur rafraîchissante des embruns et le calme qui irradiait des vertes forêts resserrées en un troupeau paisible de crêtes moutonnantes.

Wetr, au Nord, comprenait d'autres tribus avec lesquelles les "Upinue" entretenaient des rapports amicaux.

Ce soir-là, Walewen, l'anga-joxu[1], s'était senti las. Une sorte de préoccupation insidieuse dont il n'arrivait pas à déterminer la cause l'avait peu à peu envahi et l'avait empêché de vaquer à ses occupations habituelles.

Il n'arrivait plus à écouter avec attention, à trancher et à résoudre les conflits de ceux qui le sollicitaient et qu'il devait conseiller.

Il comprit qu'il fallait qu'il s'isole et qu'il fasse corps avec ce trouble, qu'il accepte cette angoisse qui peu à peu le submergeait.

1- Le grand chef

Il quitta sa case à double porte et prit le sentier qui menait à la grande grotte. Là où l'on sentait la mer en doux respirs.

Le sentier qu'il parcourait à longs pas glissés traçait sa voie entre les hautes herbes qui commençaient à jaunir. La forêt était derrière et dans la forêt il y avait sa case et celles de sa tribu. “Sa tribu”.

Il aimait et protégeait sa tribu.

Il savait que les conseils qu'il donnait étaient sages et qu'ils étaient suivis. La tribu le reconnaissait comme le chef qui savait communiquer avec les ancêtres et avec tous les esprits qui peuplaient la haute terre.

Il comprenait les présages, les signes. Il lisait le vol des oiseaux, le mouvement des nuages, les bourrasques brutales du vent comme les souffles légers de la brise. Mais surtout il rêvait.

Ce soir, il le sentait, il allait rêver.

Pour cela, pour accomplir le rêve il fallait qu'il aille dans la grotte près du trou d'eau. Il fallait qu'il parvienne à fixer l'eau miroitante, noire et pourtant brillante dans la nuit. De l'eau monterait une brume fraîche qui entrerait par tous ses orifices, dans sa tête et dans son corps. Il s'allongerait alors sur le sol, son front courbé vers l'eau en soumission intime et, le rêve viendrait.

Il plissait les yeux de fatigue, son pas se faisait plus lent mais, il approchait de l'entrée de la grotte. Dans la nuit qui tombait elle détachait sa grande bouche sombre sur un ciel à peine plus clair, griffé de nuages noirs en filoches.

Quand il entra dans la caverne de Tresiday, il ne distinguait plus rien mais d'instinct il alla vers le trou d'eau. Il se pencha sur l'eau sa mère et l'eau l'apaisa.

Il s'allongea sur le sol, le front et les yeux en aplomb au-dessus de la profonde fontaine. Son nez écrasait des herbes humides et odorantes, sa bouche s'appuyait sur la terre et un peu de cette terre, un peu de ces herbes odorantes pénétrèrent entre ses lèvres,

Il avait mal, il était bien. Ses yeux se révulsèrent et il entra dans son rêve.

D'abord des nuages bas, des brumes compactes et noires arrivèrent de tous côtés. Il eut conscience de se trouver en plein vent sur le plateau pas très loin de la mer car il la sentait gronder.

Les nuages sombres défilaient et le submergeaient. Une terreur sans nom l'envahit.

Il était seul face aux éléments déchaînés, entouré de ténèbres hostiles et menaçantes.

Il tendit les bras, essaya de repousser les masses sombres et molles qui l'empêchaient de respirer.

L'air lui manquait, il crut mourir lorsqu'il perçut plus nettement les roulements de la mer. Comme si elle approchait. Des éclairs de chaleur zébrèrent le ciel et fragmentèrent un instant les ténèbres qui l'encerclaient.

Une lueur fugitive éclaira l'endroit où il se trouvait : au bord de la falaise Dokin. Il respirait mieux mais le bruit régulier des vagues contre la roche comme une armée de guerriers amassaient sur le Nord les nuages menaçants.

Une lumière vive venait maintenant de la terre. Elle perçait la nuit. Elle parvenait jusqu'au cœur de Walewen. Une immense paix, un immense bonheur avaient remplacé la terreur.

La mer folle et hargneuse frappait la falaise à grands coups de boutoir. Walewen put voir la silhouette lumineuse qui venait vers lui.

Elle semblait avancer seule guidant une foule indistincte mais amicale. Son cœur lumineux scintillait comme une étoile et des chants doux comme le bruissement des feuilles dans les arbres l'accompagnaient. C'était un humain mais différent de tous les humains que Walewen connaissait.

- *Drei nyipé* ? *Drei nyipé*[2] ? balbutia le joxu et il vit l'autre lui sourire.

L'apparition venait du Sud. Au fur et à mesure de

2- Qui êtes-vous ?

son approche les nuages noirs s'enfuyaient et se massaient au Nord. Le plateau élevé, Wetr était maintenant illuminé et une paix céleste régnait.

- *Talofa*[3] murmura Walewen et il se réveilla.

Il était le plus vieux, c'était lui le *qatr*[4] de la tribu. C'était lui que tous écoutaient. Lui qui analysait les présages, lui dont les rêves devenaient lois.

Il était maintenant réveillé, allongé sur la terre de la grotte près du trou d'eau.

La sueur avait ruisselé sur son visage et sur son torse. Il était rompu de fatigue comme s'il avait combattu. Il but un peu de l'eau vivifiante puis il plissa des yeux dans la lumière filtrante de l'aube.

Au-dessus du trou d'eau, une sorte de vapeur brumeuse s'attardait. Elle disparaîtrait au milieu de la matinée quand le soleil prendrait sa verticalité attiré par les aboiements brefs du cagou.

Le rêve.

Le rêve qui avait duré la nuit entière et dont il sortait exténué, Walewen en émergeait avec lenteur mais, il en gardait une conscience aigue.

Il se souvenait des sombres nuées menaçantes du Nord puis de la lumière qui venait du Sud et qui les avait écartées.

3- Salutation (très respectueuse).

4- L'ancêtre.

Le présage était clair : il s'agissait du destin en suspens de Lifou. Walewen ne se déroberait pas à ce qui lui était annoncé. Il n'avait pas l'illusion d'avoir le choix. Les tribus de Wetr devraient lutter contre les menaces du Nord et des flancs.

Le Bien, pour les siens, viendrait, il l'avait compris, du Sud.

C'est du Sud seul que viendrait la Lumière qui ferait disparaître les Ténèbres, qui apporterait Nyipici, la vérité. Le Salut à Drehu.

Il prit la direction du village, il savait que là-bas on attendait sa parole et qu'elle serait respectée.

Notes à propos de la nouvelle sur Lifou :

* Le drehu (wene drehu) est la langue parlée essentiellement sur l'île de Lifou (Îles Loyauté, Nouvelle Calédonie). C'est une langue de tradition orale qui a été transcrite, pour la première fois, au XIXème siècle par les missionnaires britanniques de la LMS (London Missionary Society). Une autre langue, le wene miny, qui n'est plus usitée l'était autrefois pour s'adresser aux chefs, aux “Joxus”.

Un dictionnaire de la langue Drehu a été écrit par Maurice Lenormand. C'est la référence actuelle concernant cette langue. (1999. Nouméa. Le Rocher-à-la-voile. 533 pages.)

* Marie qui fait partie de la tribu des "Upinue" m'a raconté que son ancêtre avait eu une vision prémonitoire. Il avait rêvé que le salut viendrait du Sud et du Sud uniquement. Tout ce qui viendrait d'ailleurs serait à rejeter.

Du Sud sont venus les missionnaires protestants "les natas" alors que du Nord venaient les missionnaires catholiques.

Suite au rêve du chef, l'ancêtre de Marie "Upinue", les protestants venant du Sud ont été accueillis et cela explique que les tribus de Wetr soient protestantes.

L'habitat qui jusqu'à ces missions d'évangélisation était dispersé se regroupa par la suite (et ce sous la pression des missionnaires) en villages.

Les différentes tribus de "Lifou" n'étaient pas en conflit avant l'évangélisation, ou rarement. La population de tendance animiste, sensible à toutes dimensions spirituelles n'était pas belliqueuse bien au contraire.

Il est à noter que les conflits qui surgirent dès la fin du XIXème siècle entre les différentes tribus furent alimentés ou provoqués par les chrétiens évangélisateurs des différentes missions (la française catholique et la britannique protestante) opposées par une lutte d'influence.

* Lifou est une île au sol calcaire très poreux. Il n'y a pas de cours d'eau à Lifou. L'eau douce provient d'une importante nappe d'eau souterraine accessible par les “trous d'eau” situés pour la plupart dans les grottes.

L'île comprend un large plateau calcaire entouré d'une couronne de falaises au Nord.

Sur Lifou il y a actuellement trois districts coutumiers : le district de Wetr au nord (17 tribus), Gaïca au centre-ouest (4 tribus), Lösi au sud (16 tribus).

Le point culminant -le cap de la flotte- n'est qu'à 104 mètres mais sur Wetr, qui veut dire l'élevé, on a une impression de hauteur qui se renforce encore lorsqu'on regarde la mer depuis le haut des falaises.

* Marie Wadussa Upinue est d'un naturel gai et son rire est communicatif.

Quand nous *claquons un coup de langage*[5], Marie et moi, comme sur le *Caillou*[6]:

Nous parlons de son mari :

5- Nous parlons.

6- La Nouvelle calédonie.

- Awa ! l'engin ! tu connais ?

- Ben oui ! C'est un zoreille. Il a sorti son Vitara !

- Un Vitara ? *Il va damer la route, à fond dans la caillasse*[7].

- La route ? *La transversale ? Elle est coltarée*[8] *maintenant !*

- *Ça dewize*[9] !!!

Nous parlons de son cousin :

- Où il est Piliwé ? Awa ! tu connais, il est encore dans *le coaltar*[10] !

- Tu connais toi ! Je vais dire à sa mère et elle va *l'astiquer*[11]!

Nous parlons encore de son cousin :

- Tu connais le Piliwé ? *Il était tendu comme une ligne à tazar*[12]!

- Awa ! Casse pas la tête, c'est pas la peine ! *Il est fin colère*[13], *c'est le coq, y lui pète les couilles à chanter tout le temps.*

- Il a qu'à lui balancer *sa claquette*[14] !

7- Il va rouler beaucoup.
8- Goudronnée.
9- C'est super !
10- Dans les vapes.
11- Le corriger sévèrement.
12- Stressé (tendu comme une ligne de pêche).
13- Il est très en colère.
14- Sa tong (ou sa “savate deux doigts” comme l'on dit à la Réunion !)

Les meneurs d'orage

IL Y AVAIT BEAUCOUP DE MARTINETS. Ils volaient en larges courbes, très haut dans un ciel envahi de gros nuages gris. Leurs ailes minces et longues rejetées en arrière, pareils à de solides et sûrs voiliers, ils glissaient et virevoltaient dans l'air chaud.

Étendue sur un matelas de plage, Léone les regardait, captivée par leurs rondes incessantes et harmonieuses.

“Des meneurs d'orage” : c'est ainsi que son père les nommait. Peut-être que dans une heure ou deux le tonnerre éclaterait et que la pluie, que tous attendaient, tomberait avec violence. Elle ruissellerait sans doute sur la terre trop sèche qui se craquelait par endroits. De toute façon elle finirait quand même par pénétrer et faire du bien.

La femme de ménage avait entrouvert la baie vitrée et Léone l'entendait passer l'aspirateur.

Elle devait être dans le couloir menant aux chambres. Il ne lui restait qu'une demi-heure de travail à faire. Quand ce serait fini, qu'elle serait partie, Léone rentrerait et replacerait les bibelots et les livres dérangés ou mal replacés.

Elle savait que son père ne supportait pas la moindre modification dans son ordre, ou plutôt dans son désordre organisé, des choses.

Elle vivait assez bien avec lui maintenant. Il avait cessé d'être systématiquement de mauvaise humeur et de lui faire la gueule sans raison. Mais il ne lui parlait presque plus. Elle imagina sa grosse figure, ses sourcils broussailleux, sa bouche comme un péristome.

Elle ne se sentait rien de commun avec lui. Seulement le nom et l'obligation alimentaire de vivre avec dans la maison. La maison qui avait été celle de sa mère -partie- et de ses deux sœurs -disparues-.

Léone avait de temps en temps quelques nouvelles de sa mère. Par la femme de ménage justement. Sa mère n'osait pas lui téléphoner ici, dans la maison.

Les deux frangines, c'était comme si elles n'avaient jamais existé. Du jour où elles étaient parties, ensemble, elles n'avaient jamais donné de nouvelles. Disparues.

Léone avait hérité de leur chambre, plus grande que le cagibi où l'on avait péniblement installé son lit quand elle avait quitté, vers six ans, la chambre de ses parents.

Elle avait hérité aussi des soins du ménage et de la cuisine. Son père lui donnait une somme assez importante en début de mois et elle devait se débrouiller avec. Elle se débrouillait fort bien d'ailleurs et avait réussi à mettre de côté une assez jolie somme (pour "au cas où" se disait-elle).

Son père achetait parfois un supplément : une bouteille d'apéritif et des bricoles à grignoter. C'était pour lui, pour les filles qu'il invitait et aussi pour Léone qu'il forçait à boire. Il voulait que les gens, les voisins, croient que les filles étaient des copines de Léone. Des putes oui.

Le père les choisissait en général jeunes et vulgaires. Une seule, elle s'appelait Lucienne, avait été sympathique. Elle était plus âgée. Elle avait déjà le visage un peu las, les traits tirés sous un maquillage moins outrancier que celui des autres. Elle avait offert de la lingerie à Léone surprise de recevoir un cadeau. Un peu comme si l'autre s'excusait.

De quoi mon Dieu ! Ce qu'elle faisait avec son père ne dérangeait pas Léone. Léone aurait seulement aimé rester à l'écart et ne pas avoir à souffrir du spectacle. Comme il était ridicule ! et salace ! Les filles riaient de ses plaisanteries grossières, à ses allusions sur ses performances sexuelles.

La vie qu'elle menait, en dehors de ces visites qui lui répugnaient, n'était pas désagréable. Peu lui importait que son père restât des heures sans parler. Il y avait la télé : ça remplaçait bien son silence.

Il n'y avait que le passé, quand par hasard il était mentionné ou rappelé, qui le poussait à parler. La plupart du temps il se posait alors en victime.

S'il avait un peu bu, la conversation, le monologue plutôt, dégénérait en une sorte de plainte larmoyante. Il lui prenait alors l'envie de dorloter, de caresser Léone. Il voulait qu'elle s'apitoie sur lui. Il la pressait contre lui. Elle se cabrait doucement pour éviter de le toucher mais il cherchait à l'embrasser, à frotter sa grosse tête contre ses joues, contre son cou et elle sentait vite qu'il bandait.

Elle trouvait toujours un prétexte pour se dégager : elle lui offrait un nouveau verre et se versait, à elle aussi, en riant, un Martini.

Jamais il n'avait cherché à la rejoindre dans sa chambre. Ses attouchements, ses gestes étaient toujours les mêmes. Il la pressait contre lui dans un accès de tendresse pleurnicheuse, il lui soufflait au visage son haleine embuée d'alcool, il la pressait contre lui et elle sentait son sexe devenir dur et des coups sur son bas-ventre.

Elle se disait que ça la dégoûtait mais en y repensant, le soir dans son lit, une étrange langueur l'envahissait. S'il était entré, dans le noir, s'il s'était allongé près d'elle, puis sur elle, elle sentait qu'elle l'aurait accueilli.

Que cela l'excite lui répugnait. Comme lui répugnaient ses autres fantasmes sexuels qui frôlaient tous des déviances ou des forcements.

Il faisait de plus en plus chaud dehors. De plus en plus lourd. Il n'y avait pas un souffle d'air. L'arbousier se dressait immobile. Ses feuilles luisantes et sèches prêtes à craquer. Les martinets tournaient encore plus haut, dans la minuscule partie de ciel restée claire. Elle distinguait à peine leurs ailes en faux. À combien pouvaient-ils être ? 2000 mètres peut-être.

Elle n'en avait vu un de près que bien des années auparavant. Ils vivaient tous à ce moment-là dans un petit pavillon de banlieue.

Un martinet était tombé dans la minuscule courette et il ne pouvait prendre son envol. Il se tapait, affolé, contre les murs. Son père avait réussi à le saisir. Léone avait pu voir les courtes pattes qui semblaient velues. "C'est un martinet ! C'est trop étroit ici pour qu'il puisse avoir une chance de prendre son élan et repartir." Le père l'avait élevé en l'air tout en le maintenant doucement, puis il l'avait lancé vers le ciel et l'oiseau libéré avait pris enfin son envol.

Des images, des souvenirs de cette époque revenaient à sa mémoire et Léone se sentait peu à peu envahir de malaise. À cette époque la mère faisait déjà de fréquents voyages, laissant les deux grandes s'occuper de la maison et d'elle la petite.

Les deux grandes étaient presque jumelles. Seulement un an de différence entre elles. Léone vivait à côté mais sans qu'il y ait vraiment de relation fraternelle. Les aînées avaient déjà quitté le lycée alors qu'elle débutait en primaire.

Quand ils avaient déménagé et que le père avait dirigé la scierie, les deux grandes avaient fait plusieurs séjours en Angleterre pour apprendre la langue. Léone n'avait pas souffert de leur départ. Ni dans le fond de celui de sa mère qui était froide et depuis longtemps comme absente.

Elle put enfin rentrer, la femme de ménage était repartie et la maison sentait le propre. La bibliothèque avait été dépoussiérée et les cartons, pleins des vieilles photos, rangés bourre et balle.

Léone les remit en place mais conserva celui qui renfermait les clichés les plus anciens. Au dos des photos quelqu'un avait écrit des noms, parfois une date : la grand-mère peut-être ? Une vieille qu'elle n'avait jamais vue : son père s'était brouillé avec ses parents pour des histoires d'argent, du moins c'est ce qu'elle avait cru comprendre.

Le tonnerre éclata soudain. Les coups dans le ciel, juste au-dessus de la maison, faisaient vibrer les murs. Le disjoncteur claqua et Léone débrancha la télé. Elle laissa les photos éparses sur la table et attendit que la tempête passe, recroquevillée dans le fauteuil. Elle n'avait pas peur mais la brutalité des coups qui survenaient toujours par surprise -elle les attendait pourtant !- la faisaient se tasser comme un animal terrorisé, bras croisés, les mains agrippant les épaules et les jambes repliées sous les fesses.

Elle alluma pourtant la bougie qu'on laissait en évidence sur le coin de la cheminée. La pluie tombait maintenant avec bruit sur la terrasse, sur le toit. Un bruit fort mais reposant après toute cette attente. Elle reprit les photos et, à la lueur tremblotante, chercha à lire les noms et les dates. Il y avait des clichés de bébés à moitié nus, allongés sur le ventre, sur un coussin, le visage rieur.

Une photo dans un cadre ovale retint son attention. Elle représentait un soldat casqué à l'ancienne avec un uniforme qui semblait rigide. Au dos, elle lut "Gaston, cuirassier au 2e, Mailly".

L'homme avait les yeux très clairs. Clairs comme de l'eau.

Qui était ce Gaston ?

Contemporain sans doute de son arrière grand-mère ? Elle demanderait à son père. Elle empila les photos et mit celle du soldat sur le dessus.

Après un moment elle décida d'aller regarder le pêle-mêle accroché au dessus de la commode, dans la chambre de son père. Elle n'y entrait jamais dans cette chambre. Elle sentait le tabac froid. Elle était toujours dans la pénombre. Le père laissait les double-rideaux à demi fermés. Il disait que ça faisait plus chic. Il avait un cosy-corner recouvert d'un dessus en lourd tissu chamarré avec des reliefs écarlates.

Elle n'aimait pas cette chambre sombre qu'elle lui sentait interdite.

Un interdit que son père n'avait jamais eu à lui formuler et que jusqu'à présent elle n'avait pas transgressé. La bougie à la main elle y pénétra et alla regarder les images du pêle-mêle.

La lumière vacillait en se reflétant dans le verre du cadre et les visages semblaient s'animer. Elle posa le bougeoir avec précaution sur la commode et décrocha le grand cadre.

Elle reconnaissait quelques personnages. Il n'y avait aucune photo de sa mère mais ses sœurs en petite robe claire la regardaient d'un air grave. Elles se tenaient debout, appuyées l'une sur l'autre et une autre fille, plus âgée, avait posé ses mains sur leurs épaules.

Cette toute jeune fille, placée derrière les deux fillettes, avait de longues boucles qui devaient être blondes. Des anglaises avec au-dessus du front une multitude de petits crans.

Décidément c'était le jour des inconnus dans la maison !

Le soldat n'avait pas vraiment d'importance mais cette fille là piquait la curiosité de Léone. Elle était de la génération de ses sœurs. Elle semblait avoir quelques années seulement de plus qu'elles. Six à huit peut-être.

Comme elle contemplait la photographie, en laissant vagabonder librement son imagination, elle entendit son père rentrer. Elle reconnaissait le bruit sourd et fort de ses pas et celui, aigu, de la clef qu'il faisait tourner.

Elle retourna dans la salle de séjour et l'attendit, debout face à la porte donnant sur le couloir. Sans dire un mot il accrocha son chapeau puis son pardessus au portemanteau de l'entrée. Il était rouge. Pas de la rougeur provoquée par le froid mais par celle de l'alcool. Il avait dû s'arrêter au café du coin et boire, coup sur coup, des petits verres de rhum. Il aimait le rhum.

Quand il la regarda, avec ses yeux pâles injectés de sang, elle n'eut pas peur. Elle ne baissa pas les yeux et soutint son regard. Il eut l'air un peu étonné puis une espèce de lassitude le fit se tasser. Elle sentit qu'elle pourrait l'affronter cette fois, qu'elle n'aurait pas à se dégager, pas à battre en retraite.

Elle se sentait forte et combative. Cette force inhabituelle devrait lui permettre de le vaincre, de savoir enfin pourquoi sa mère était partie. Pourquoi ses sœurs avaient quitté la maison en l'abandonnant, elle la plus jeune. La plus petite, la plus fragile, sans qu'elles manifestent le moindre scrupule.

Elle voulait savoir aussi qui était la fille triste aux anglaises pâles.

Toujours sans lui adresser la parole, elle alla dans la chambre interdite, décrocha le pèle-mêle et le lui jeta, en glissade violente, sous les yeux.

Il regarda les photos comme sans les voir, d'un air hébété. Puis il leva timidement la main et la tendit vers elle :

- Ma petite fleur, ma fille, Esther, viens contre moi...

Elle recula puis revint, prit la main molle et la serra sauvagement.

- Oh ! arrête de larmoyer. Cuve ton vin. Je n'en ai rien à faire de tes envies de caresses. J'en ai marre même. Marre des jours entiers où tu fais la gueule sans que je sache pourquoi. J'en tremble au point de rester des heures, la nuit, à ne pouvoir dormir. Et puis tu bois et te voilà mendiant mon affection !

Elle sentait la colère l'envahir et lui donner une grande force.

Elle pouvait le dominer sans effort et elle s'amusa à le titiller. Elle ne le quittait pas des yeux en l'abreuvant d'insultes, étonnée et jouissant que tant de mots blessants lui viennent si naturellement. Il semblait ne pas comprendre, terrassé, pleurnichant. Elle finit par le saisir et le secouer.

- Maintenant tu vas t'expliquer, m'expliquer…

Il bégaya de façon incompréhensible. Elle l'attrapa par le col et le secoua :

- Allons, c'est trop facile de se laisser aller. Regarde bien ce que je vais te montrer et dis-moi ce que c'est.

Elle fit glisser la photo sur la table vernie. Il roula les yeux, la bouche ouverte, ses lèvres comme la pulpe visqueuse d'un fruit vénéneux. Elle le haïssait. Elle le secoua brutalement :

- Regarde ! Je te dis de regarder ! Tu les reconnais ?

Il sembla se réveiller et il fixa la photo qu'elle lui montrait.

- Ce sont mes filles. Mes trois filles. Esther, Suzon et Marie.

- Tes trois filles ? Et moi alors je suis la quatrième ? C'est nouveau ça !

- Toi ? Il l'interrogea en hésitant. Toi ? Esther ?

- Non , moi je suis Léone et Esther je ne connais pas. C'est la grande avec des anglaises ?

- Oui, c'est Esther. C'est toi. Viens ma chérie, tu sais que je n'aime pas quand tu es en colère. Viens Esther…

- Je te dis que je suis Léone ! Qu'est-ce que c'est

que cette histoire ? Regarde-moi : tu me connais, je suis Léone. Léone la pauvre conne. Léone la…

- Léone ? Il la regarda perplexe. Léone ? Elle ne voulait pas te donner de nom. Elle ne voulait pas de ce bébé. Personne n'en voulait. Personne ne te voulait. Esther, mon Esther, ma fille que j'aimais. Les autres la détestaient parce que je l'aimais. Le bébé, c'était trop tard pour le faire passer. Elle n'a pas voulu lui donner de nom et, à la mairie, j'ai dit Léone…

- Esther c'est ta fille et c'est ma mère ?

Il s'affaissa sans répondre. Elle n'avait pas besoin qu'il confirme ce qu'elle comprenait si crûment, si fortement.

Elle eut comme un haut-le-cœur, une remontée acide lui tordit la bouche. Une nausée sans pouvoir vomir son désarroi, sa douleur, sa répugnance. Elle repoussa violemment son père, son grand-père, qui se rapprochait rendu confiant par son silence.

Elle le bouscula à nouveau et il heurta la table de la tête avec un bruit sourd, la chaise sur laquelle il tentait de s'asseoir bascula. Il s'affala lourdement sur le sol et y resta étendu, baragouinant sans suite ses mots d'ivrogne.

Léone se leva et, en quelques minutes, ramassa ses petites richesses et quelques vêtements. Elle soulagea le portefeuille de son vieux de tout le liquide qui s'y trouvait et quitta à jamais la maison.

Sa valise à la main et l'esprit résolu, enfin sortie de la gangue pétrifiante et confuse où on l'avait maintenue jusque-là.

Dehors un vent léger agitait les feuillages et séchait les éclaboussures d'un ciel purifié, redevenu bleu.

On voyait encore quelques martinets noirs, comme somnolant en un doux vol plané puis, battant soudain des ailes et prenant de la hauteur, avant de disparaître vers l'horizon brillant de la mer.

Jicky et la poste - fin

UNE HISTOIRE UN PEU PLUS TRAGIQUE MAINTENANT. J'avais une petite voisine qui devait faire un déplacement. Elle vient me voir et me dit :

- Mon grand-père est malade, si sa santé s'aggrave on m'enverra un télégramme, le facteur est prévenu : il vous le donnera et vous me préviendrez en me téléphonant.

- D'accord, il n'y a pas de problème.

Les jours se passent et pas de télégramme.

Au bout d'une quinzaine ma voisine revient. Elle apprend par sa famille que le grand-père est mort et enterré. Moi je n'ai pas eu de télégramme : j'en suis persuadée jusqu'à un jour de grand vent où un petit papier bleu dégringole du cyprès qui s'élève dans ma cour juste devant la porte d'entrée.

La famille de la voisine n'a jamais voulu croire en sa bonne foi et il y a eu comme un froid qui a mis du temps à s'apaiser. Tout ça à cause du télégraphiste pressé qui ne trouvant ni voisine ni boîte aux lettres, s'était débarrassé de son pli en le coinçant entre deux branches.

Promenade dans le Derbyshire

PHIL COMMENCE À SE DÉBROUILLER EN FRANÇAIS. La dernière fois qu'il est venu nous voir avec Mary il a pu faire autre chose que nous écouter : il est parvenu à nous raconter une aventure qui lui est arrivée dans le Derbyshire.

- C'était avec ma femme.
- Laquelle ? a aussitôt interrogé Mary.
- La deuxième. La mère de ma fille…

Ma femme, mon ex-femme aimait bien les histoires de sorciers ou de fantômes. Elle n'était pas Écossaise pourtant. Voilà qu'un jour elle achète un vieux bouquin qui s'intitulait "Dix affaires irrésolues du Derbyshire".

Nous lisons ce livre. Parmi les dix affaires, il y en avait une sur six personnes qui avaient été décapitées et qui hantaient un manoir du côté de Matlock.

Il était écrit dans ce livre que les six hommes décapités apparaissaient à la nuit tombée le jour anniversaire de leur décapitation. Le 1er novembre. Ils avaient une corde ou une chaîne autour du cou. Ils marchaient les uns derrière les autres et ils tenaient chacun leur tête coupée sous le bras.

Ma femme me dit que nous pourrions aller la nuit du 1er novembre à côté de ce manoir. Nous n'avions pas le nom exact mais il ne devait pas y avoir beaucoup de bâtisses de ce genre du côté de Matlock. Nous partirions quelques jours avant pour enquêter dans les environs et nous trouverions bien l'endroit avant la fameuse nuit.

C'est ce que nous fîmes.

Moi je trouvais que ça nous faisait des vacances. Nous prenions chaque soir un “Bed and breakfast” et dans la journée nous pique-niquions. Il ne faisait pas très chaud : nous mangions souvent à l'abri dans la voiture.

Je trouvais quand même que c'était des vacances : la campagne était belle, les gens agréables et ma femme excitée mais de très bonne humeur.

Le 28 octobre, je m'en souviens, il faisait un temps très clair avec un vent piquant. Nous avions pris une route étroite qui longeait une rivière. Nous pouvions voir l'eau courir et briller sur les pierres. Les arbres avaient encore leurs feuilles pour la plupart et l'herbe verte sur les bas-côtés de la chaussée poussait drue.

De l'autre côté de la route la colline boisée montait doucement.

Pendant une dizaine de miles nous n'avons rencontré personne. Pas âme qui vive. Nous avons dépassé un petit pont qui enjambait la rivière. Ma femme a dit que nous irions vers le village après ce pont, sur la gauche, pour trouver une chambre.

J'ai voulu faire demi-tour pour emprunter ce pont mais elle m'a dit : tu es stupide Philip, je te propose ça pour ce soir. Pour le moment suivons cette route et essayons de trouver le manoir. J'ai comme l'impression que nous approchons…

Un peu plus loin, un chemin assez large prenait sur la gauche. Il y avait une boîte à lettres avec une petite pancarte : “Manoir des Saules”.

Nous avons bien sûr pris le chemin.

L'allée passait sous une voûte de chênes sombres. Le sol était recouvert d'une épaisse couche de feuilles. La voiture roulait sans bruit sur ce tapis. Nous avons débouché sur une sorte de petite place graveleuse. Le chemin aboutissait devant une vieille grille fermée par des chaînes que l'on avait enroulées et nouées solidement. De chaque côté de la grille de hauts murs encerclaient un parc quasiment à l'abandon. Du moins c'est l'impression que j'en avais.

- C'est celui-là, j'en suis sûre me chuchota ma femme…

- Bon, nous allons repartir et rester dans le village que nous avons dépassé tout à l'heure et nous reviendrons dans trois jours. D'ici là nous chercherons s'il existe des documents sur l'affaire des décapités.

Nous pensions que le bourreau leur avait tranché la tête du temps du roi Henri mais nous ne savions pas pour quelle raison ni pourquoi ces victimes hantaient les lieux de leur supplice depuis plusieurs siècles.

J'ai beaucoup aimé notre petit séjour dans le village au bord de l'eau. Le pont était charmant, en grosses pierres moussues et tout voûté. D'une seule arche. Dora a fouiné dans la librairie, aux archives. Elle a même visité le pasteur…

Moi bien sûr j'ai cherché avec elle mais j'ai réussi à prendre le temps d'aller à la pêche. Quelle jolie rivière. Une eau pure et transparente. J'adore le bruit de l'eau qui culbute sur les cailloux… Je n'ai pas pêché un seul poisson mais j'ai passé deux après-midi merveilleux allongé sur la rive à regarder le ciel changeant au travers des feuilles de tremble. Vous savez ces arbres qui agitent constamment leur feuillage…

Le 1er novembre vers 21 heures nous sommes allés près du manoir.

Nous avions des couvertures dans la voiture. Des sandwiches, une thermos de thé et une torche. C'était une torche maglite. Grand modèle. Elle peut servir de matraque si le besoin s'en fait sentir.

J'ai garé la voiture sur un côté, le long d'un mur. J'avais fait ma manœuvre de façon à pouvoir directement reprendre le chemin. J'ai éteint les phares, stoppé le moteur.

En sortant de la voiture nous pouvions, en grimpant sur le talus près du mur, apercevoir le bâtiment principal du manoir et la cour qui s'étendait devant son vieux perron. Il ne faisait pas très clair. Beaucoup de nuages, pas ou par brèves intermittences un rayon de lune. Mais nous avions de la chance : il ne pleuvait pas.

Nous sommes restés un peu à l'extérieur pour bien nous situer par rapport au parc et au manoir puis nous sommes rentrés dans la voiture en laissant une vitre baissée de moitié.

Dora était vraiment très excitée et en même temps apeurée. Elle restait pour ainsi dire collée contre moi. Nous ne parlions pas. Nous percevions avec acuité tous les bruits de la forêt : les cris étouffés des oiseaux qui se serrent les uns contre les autres dans leur nid, une musaraigne qui court sur les feuilles mortes, des brindilles qui craquent, un oiseau de nuit qui crache et le souffle de son vol…

Dora avait pris ma main. Je sentais ses doigts si minces, son poignet fragile.

Dans ce silence bruissant de la forêt, vers minuit, voilà que nous entendons un autre bruit. Il vient du manoir, de l'autre côté du mur. Comme quelqu'un qui marche sur des feuilles sans appuyer lourdement le pied.

Le bruit s'amplifie.

Nous distinguons maintenant que les marcheurs furtifs doivent être plusieurs. Des pas légers et réguliers qui foulent doucement les feuilles mortes et qui se rapprochent.

Ce sont eux.

Ce sont les fantômes des décapités. Nous allons les voir surgir à la grille. Ils seront en chemise de chanvre blanc, la corde au cou, la tête sanguinolente et sans vie sous le bras...

Je tiens ma maglite serrée dans la main et je suis prêt à tourner la clé de la voiture et à démarrer dans l'instant. Mais nous sommes venus pour voir les fantômes des décapités et ce bruit de pas plutôt effrayant par sa douceur nous paralyse.

Soudain la grille à quelques pas est ouverte violemment et un halo de lumière nous éblouit. Un homme en treillis, un fusil pompe à la main s'avance. Il est accompagné de deux autres sbires, armés aussi et portant des torches.

Il nous fait signe de sortir et de lever les mains en l'air. Pendant qu'il nous menace les deux autres ont ouvert les portières et nous ont fait sortir sans ménagement.

Nous n'avons rien fait de mal, nous n'avons pas commis d'effraction, nous sommes en Angleterre et pas dans une république bananière !!!

J'ai le livre dans la voiture.

Le livre sur les dix affaires du Derbyshire. Je le leur montre.

Je m'explique du mieux que je peux.

Les trois hommes sont sans doute des gardiens du manoir qui nous a paru inhabité il y a quelques jours. Ils restent menaçants et les quelques mots qu'ils prononcent le sont dans une langue que je ne comprends pas.

J'agite le livre.

J'explique que nous sommes de bonne foi, que nous allons partir, que nous sommes des touristes, que nous logeons à quelques kilomètres de là... Ils nous laissent enfin grimper dans la voiture.

Je ne demande pas mon reste, démarre et file.

Peut-être six ou sept mois plus tard, nous étions rentrés à Brighton, je lis dans le journal qu'un *"nid d'espions qui squattaient un vieux manoir abandonné du Derbyshire, avait été découvert et ses occupants appréhendés..."*

L'entorse

... Je me trouve en tiers avec deux compagnons de route... Prêtant l'oreille à leurs discours, j'entendis l'un d'eux s'écrier avec un éclat de rire : Allons donc ! Trêve de balivernes ! assez de ces contes absurdes !

Apulée, "*l'âne d'or ou les métamorphoses*".

LES BRIDGEURS S'ÉTAIENT RÉUNIS chez un des adhérents du club pour un tournoi. Après les jeux ils s'étaient tous assis dans la grande salle où la maîtresse de maison avait organisé un buffet. Il y avait de délicieux canapés au foie gras, des petits feuilletés provençaux, toutes sortes de saucissons, des friandises et du champagne à volonté.

Après les premières coupes, l'atmosphère devint très, très détendue et Lolo commença à raconter des histoires.

Presque tous lui emboîtèrent le pas, il n'y eut peut-être que René, toujours très réservé, qui ne prit pas la parole. Henri chanta avec sa femme un duo de *Mireille* qui eut beaucoup de succès.

Ce succès l'incita à poursuivre et il se mit à raconter, d'une voix assez forte, une aventure qui lui était arrivée quand il avait dix-huit ans et qu'il n'avait, dit-il, jamais divulguée.

Sa femme était un peu inquiète mais elle ne l'interrompit pas. Comme sa voix portait et que tous sentaient que l'histoire serait peut-être croustillante, autant que les petits feuilletés dont ils continuaient à se régaler, l'écoute fut attentive.

Son récit :

En ce temps là, un peu avant la guerre, j'étais au séminaire. J'y faisais des études sérieuses et je me destinais vraiment à la prêtrise. Mon père m'écrivit en avril, pour me dire de rentrer à la maison : il avait des choses à me dire, des conseils à me donner qui ne souffraient aucun retard.

Je rentrais à la maison.

- Mon fils, me dit mon père, tu es étudiant au séminaire et tes études, te et me, conviennent mais la période est trouble. On entend des bruits de guerre. Si quelque chose prenait tournure en ce sens, je souhaite que tu sois mieux préparé physiquement…

- Mais, papa, que voulez-vous dire ? Que voulez-vous que je fasse ?

- Tu vas provisoirement quitter le séminaire et entrer dans l'Armée. C'est ce que j'estime préférable.

J'obéis à mon père. Il ne m'apparaissait pas possible, d'ailleurs, de faire autrement.

Bien sûr, être en formation militaire me changeait beaucoup du séminaire mais la discipline était aussi stricte et, par bien des points, comparable.

Je m'habituais sans trop de peine. J'étais obéissant et plutôt timide. Pour ma première permission je devais passer par Fréjus puis monter dans l'arrière pays. À la caserne un camarade m'avait proposé, à cette occasion, de faire une courte halte chez lui, à Saint-Raphaël, avant de prendre la route pour Fayence où ma famille résidait. *“Tu déjeuneras avec moi et mes parents et je te reconduirai jusque chez toi avec la voiture de mon père. À ton arrivée à Fréjus tu n'auras qu'à m'attendre, je viendrai te chercher avec l'automobile.”*

Après un trajet assez éprouvant j'arrive à Fréjus. J'étais habillé en militaire avec ma grosse capote, mes godillots, mon képi, tout mon barda. J'avais chaud, j'avais sommeil, j'avais soif. J'étais moitié endormi. Très fatigué. Lessivé.

Vous la connaissez la petite gare de Fréjus ? je me place dehors, devant l'entrée et je regarde si le copain est là avec la voiture de son père. Il y avait beaucoup de soldats et des civils qui venaient les attendre. Qui repartaient avec eux. Beaucoup de brouhaha. Mais pas de copain.

Je voyais bien quelques voitures, peu nombreuses, garées le long de la route. J'essayais de distinguer s'il était au volant. Non.

Le temps passait et presque tous les voyageurs étaient repartis. Il ne restait que quelques clampins, dont moi, et une belle voiture garée à une bonne dizaine de mètres.

Je ne savais que faire. Mon copain avait sans doute eu un empêchement ou bien il avait oublié sa promesse.

Je faisais quelques pas de long en large en hésitant. Je n'avais que dix-huit ans et j'étais un peu balourd. Balourd et bien embêté. Je me voyais mal parti, à pied, jusqu'à la route du mont Vinaigre et commencer à la gravir en attendant qu'une bonne âme me prenne en chemin.

J'étais là, désolé, lorsque la portière avant de la belle voiture s'ouvre. Un chauffeur en livrée en descend et vient vers moi. Sa casquette à la main il me salue et me dit :

- Vous êtes militaire ? À votre tenue je le suppose ! Ma maîtresse vous observe depuis un moment et elle a compris que vous êtes dans l'ennui. Elle souhaite vous aider. Voulez-vous que nous vous raccompagnions quelque part ?

Je ne savais que répondre. J'étais bien embarrassé. D'autre part j'étais effectivement ennuyé.

- Ne vous en faîtes pas ! Ma maîtresse est une dame patronnesse et elle a l'habitude de porter secours aux jeunes militaires qui œuvrent pour la France. N'hésitez pas, venez, elle vous dira elle-même qu'elle désire vous aider.

Je vais jusqu'à la voiture. J'explique à la dame qu'un ami devait venir me chercher, que je devais déjeuner avec lui et ses parents à Saint-Raphaël. Qu'il n'est pas là…

- Mon pauvre garçon ! je ne peux vous laisser dans cette situation. Je vous ferai raccompagner par mon chauffeur, mais, avant vous allez venir vous restaurer chez moi et vous rafraîchir.

J'hésite un peu mais la dame est très persuasive. Elle est très bien habillée. Elle porte un chapeau qui ombre délicatement son visage que je distingue à peine. La main qu'elle appuie sur le rebord de la portière est finement gantée de chevreau noir.

- Ouvrez à ce jeune homme Joseph et mettez ses bagages à l'arrière. Venez jeune homme. Ne vous embarrassez pas de formes : je rends service à ma patrie en vous secourant.

Je monte dans la voiture qui démarre sans plus attendre.

Je ne me souviens pas très bien par où nous sommes passés. Je revois des arbres, une pinède. Des vignes bien vertes des deux côtés de la route de Callas. La poussière que la voiture soulevait. Le soleil dehors et sa lumière éblouissante. Des pins parasols avec leur forme pleine de grâce, si caractéristique et des allées bordées de cyprès qui conduisaient à des domaines.

La dame ne parle pas dans la voiture fraîche. Lorsque je me tourne furtivement vers elle je vois son profil bien dessiné, sa peau très pâle qui semble sans défaut. Je remarque sa veste de toile ajustée et un col blanc un peu vaporeux qu'elle a noué en foulard. Elle doit sentir mon regard mais elle ne bouge pas ou si peu. Il y a comme un demi-sourire qui lui fait entrouvrir les lèvres.

Dans un virage pris un peu brutalement elle est projetée contre moi et elle appuie un instant sa main sur ma cuisse.

Je me recule et me renfonce le plus que je puis loin d'elle. J'ai l'impression que je pue la sueur et la crasse et que cela doit l'incommoder. Il est vrai que je n'ai pas fait de toilette depuis la veille, ni changé, bien sûr, de linge.

Au bout d'une demi-heure environ nous arrivons devant une grande propriété.

Le portail est ouvert.

La voiture suit une allée blanche assez pentue et s'arrête devant un large perron. Je n'arrive pas à dénombrer les fenêtres. De chaque côté du perron il y a une terrasse couverte de grandes vasques fleuries. Je vois un lierre qui monte en encerclant un poteau électrique, il grouille d'abeilles attirées par le suc des fleurs.

- Venez mon petit, entrez. Vous allez rapidement prendre une légère collation avant le déjeuner puis faire un brin de toilette. Antoinette occupez-vous de ce jeune homme : quand il sera prêt vous le conduirez dans la salle à manger afin qu'il se restaure convenablement.

La dénommée Antoinette est une bonne qui marche en levant le menton. Elle est jeune, grande et frisée. Elle porte un tablier blanc. Je la suis à la cuisine.

Il n'y a personne dans cette pièce. Antoinette me sert sans parler un verre de vin et me présente une assiette de jambon de pays.

Je lui demande de l'eau. Elle dépose devant moi, d'un geste à demi impatient, un pichet couvert de buée qu'elle sort d'une glacière. Elle rit et me dit :

- Dépêchez-vous monsieur. Madame veut que vous vous laviez et que je m'occupe de brosser vos vêtements. Allez, venez, suivez moi. Vous mangerez davantage après la toilette.

Je la suis en finissant d'avaler. Je suis un peu dans les vapes. Elle me presse. Nous arrivons dans une grande salle de bain.

- Donnez-moi vos vêtements, je vais les secouer et leur donner un peu forme pendant que vous prendrez un bain.

L'eau coule déjà dans la baignoire. Il y a du savon parfumé, de grosses serviettes éponge. J'essaie un peu de protester tout en me déshabillant. Antoinette part avec mes habits et je plonge dans le bain. C'est divin. Rafraîchissant et relaxant à la fois. Comme l'eau est bonne. Je revis.

Le temps passe. Je me demande pourquoi Antoinette ne revient pas. Je me lève, m'essuie, noue une serviette autour de mes reins et j'appelle d'une voix timide. La bonne arrive. Elle n'a rien sur les bras.

- Mes vêtements ? puis-je avoir mes vêtements mademoiselle ?

- Je les ai lavés ! Ils étaient si sales ! Il faut attendre qu'ils sèchent. Mettez le peignoir de bain en attendant et les mules qui sont là.

- Ouh !

Je soupire, je suis ennuyé. Que faire ?

Antoinette qui me regarde éclate de rire et me dit :

- Mais ça ne fait rien, pour manger vous pouvez être en peignoir. Madame ne dira rien, je vous assure. C'est elle qui m'a dit de m'occuper correctement de vos habits et de vos chaussures. Venez !

J'ajuste du mieux que je peux le peignoir et enfile les mules, puis je suis Antoinette. Elle me conduit dans une salle à manger salon. La table est mise. Les verres brillent. Il y a une nappe blanche et des plats déjà disposés. L'appétit me vient.

- Ah, jeune homme vous êtes prêt et bien asseyez- vous et partagez mon repas.

Je suis intimidé mais j'ai faim. La dame remplit mon verre à plusieurs reprises. Je m'attaque aux plats de viande. Il faut vous dire que j'ai un tempérament plutôt carnassier et que le régime de l'armée m'a plus d'une fois laissé sur ma faim. Je mange donc bien, je bois quelques verres de vin. La pièce où nous nous trouvons est fraîche. Nous sommes seuls. Antoinette entre une seule fois porter un plateau avec le café puis disparaît sans un mot.

- Venez sur le canapé prendre votre café, vous serez plus à l'aise…

Elle s'assied près de moi. Assez près. Je me recule un peu. Elle se rapproche l'air de rien. Elle s'est changée avant le repas. Elle ne porte plus sa veste stricte et son chemisier blanc. Elle a revêtu une robe de cotonnade à rayures largement échancrée. Quand elle se penche vers moi je vois sa poitrine ronde. Je sens son parfum et une légère odeur de sueur qui me trouble. Je commence à me sentir mal à l'aise dans mon peignoir.

- Pourquoi êtes-vous si tendu, me dit-elle, détendez-vous, je ne vais pas vous manger !

Elle est maintenant tout contre moi. Je ne peux pas reculer davantage. L'accoudoir du canapé me rentre dans les côtes. J'ai dix-huit ans, je suis puceau. Je m'aperçois avec terreur que je suis particulièrement tendu. Puis tout bascule.

Une fois, deux fois, cinq ou six fois.

Sept peut-être. Nous sommes déchaînés. Sur le canapé, sur le tapis et pour finir sur la table. Pour une première expérience, c'est réussi.

Nous buvons dans le même verre et elle a envie de recommencer. Les assiettes ont été repoussées. Nous chiffonnons la nappe et soudain je me fais traîtreusement coincer dans le tiroir resté ouvert qu'elle a refermé d'un coup de talon, dans un accès d'amour vache.

Ça fait vraiment mal. Très mal.

Elle me console un peu et me fait apporter mes vêtements.

Je les enfile comme s'il y avait le feu tout en me tordant de douleur.

Elle me pousse vers la sortie. Je grimpe dans la voiture et on me ramène à Fréjus puis à quelques centaines de mètres de chez moi.

Bien sûr je ne raconte rien à ma famille. Je me repose chez mes parents et je réfléchis à mon aventure. Un jour, je me dis, qu'avant de repartir à la caserne, ce serait bien de retrouver la grande propriété et son hôtesse si accueillante. J'invente je ne sais quelle fable et repars un jour plus tôt prendre, soi-disant, le train à Fréjus et en fait pour emprunter la route de Callas.

Ma mère m'a donné un peu d'argent : je prends une voiture et retrouve à peu près le chemin. Au Muy je tourne en direction de Callas et m'enfonce dans l'arrière pays. Je reconnais quelques domaines, les allées de cyprès, les pins parasols.

J'arrive devant la propriété.

Je rentre.

J'ai à peine gravi le perron qu'un domestique me salue et me fait entrer. J'essaie de lui demander Antoinette, de lui débiter la fable préparée. Il m'interrompt :

- Venez, monsieur. Les autres sont déjà là, et il me précède en pénétrant dans la maison. Je le suis jusqu'au premier étage. Là-haut, je croise quelques vieux messieurs et un ou deux gradés.

Le domestique me fait entrer dans une pièce sombre. Trois hommes sont près du mur et paraissent absorbés. Je m'approche. Ils sont en train de regarder au travers d'une glace sans tain. Je vois, comme eux la salle à manger salon.

La dame y est avec un jeune homme en train de bien faire. Je m'exclame ! Oh !

- C'est la première fois que vous venez me chuchote un vieux voyeur. Aujourd'hui ce n'est rien. Si vous étiez venu il y a quinze jours, il y avait un sacré numéro ; il a fait ça sept fois et, pour finir, il s'est coincé les couilles dans le tiroir. Quel spectacle !!!

Je suis parti sans répondre et sans demander mon reste…

- Dis-nous Henri qu'as-tu dit à ta famille le premier jour en rentrant ? Tu devais avoir un peu de mal à marcher ?

- J'ai dit que je m'étais fait une entorse en descendant du train… Et si vous voulez en savoir davantage : je ne suis pas retourné au séminaire et j'ai fait sept ans de coloniale. Mais ceci est une autre histoire que je vous raconterai lorsque nous ferons un autre tournoi.

It's a secret my dear !

Le mystère de la pâte à beignets

CHAQUE DERNIER VENDREDI DU MOIS, la brasserie de la Tour, dans le petit village des Arcs-sur-Argens, offre un “Fish and chips” dans la plus pure tradition britannique. The kitchener is english, his name is Matthew.

Le poisson proposé est délicieux. Il est enveloppé d'une fine et croustillante pâte à beignets, légère et boursouflée à souhait.

Nelly qui déjeunait avec nous, ce dernier vendredi de septembre se demandait quel était le secret de Matthew, comment il pouvait réussir une pâte à beignets aussi admirable.

Mais Matthew n'a pas voulu dévoiler son secret. Il s'est contenté de sourire finement lorsque la curieuse l'a interrogé.

Il est jeune, tout en rondeurs et très souriant notre Matthew. Il regarde d'un air paternel tous ces English “résidents” qui viennent s'attabler -en compagnie de quelques français soucieux de bonne chère et d'ambiance “entente cordiale”- au Café de la Tour pour déguster ce plat britannique de grande réputation.

Les petits pois sont nettement moins gros que leurs collègues de Londres, mais ils sont tendres et très frais. Les frites sont larges, blondes, à point et terriblement anglaises d'aspect. Très goûteuses aussi.

Ce qui est vraiment excellent c'est ce poisson -du cabillaud, je crois- entouré de cette extraordinaire pâte à beignets.

Quel est le secret de Matthew ?

Il faudrait pouvoir se glisser dans sa cuisine ou peut-être demander à Sophie d'épier son Kitchener ?

Non, ce n'est pas une très bonne idée. Sophie est la patronne du Café de la Tour et elle a conscience que le succès remporté chaque dernier vendredi du mois est essentiellement dû à la pâte à beignets des “Fish and chips”.

Elle n'a aucun intérêt à dévoiler les secrets de Matthew. Elle se félicite du nombre de convives qui viennent déjeuner le dernier vendredi de chaque mois.

Elle est même obligée de faire des réservations et si l'on veut manger un “Fish and chips” avec ses amis il vaut mieux s'y prendre très tôt et vite se faire inscrire sur la fameuse liste.

Vendredi, nous étions une soixantaine et les Arcs avaient un petit air Victorien très sympathique.

Oh ! Yes, indeed.

Nelly cependant n'en démordait pas, c'est le cas de le dire. Elle voulait à tout prix connaître le secret de la pâte à beignets.

Comme nous quittions le restaurant, sans nous retourner, pour paraître mépriser le petit sourire goguenard de Matthew qui nous regardait nous éloigner vers la place de la mairie, Nelly me prit par le coude et me glissa :

- Tu sais j'y arriverai ! Je ne sais pas comment mais j'arriverai à percer le mystère de la pâte à beignets.

- Tu as déjà une idée ?

- Non, mais, moi les défis j'aime ça et même cette situation m'excite. Crois-moi, je parviendrai bien à le faire parler ce Matthew. Même si je suis obligée d'aller chaque dernier vendredi du mois manger un “Fish and chips”!

Je trouve que Nelly a une façon très drôle et astucieuse de céder à sa gourmandise : son histoire de chercher à découvrir le mystère de la pâte à beignets pour cacher son envie de déguster ce typique plat de poisson n'a rien, elle, de mystérieux.

Et je gage qu'elle ne découvrira pas le mystère de la pâte à beignets mais que nous la verrons chaque dernier vendredi du mois attablée au soleil, au Café de la Tour, en train de faire craquer sous ses petites dents, la délicieuse pâte à beignets et son succulent poisson.

Liste des nouvelles

PUBLIÉS AUX ÉDITIONS DU LAU

Abouly Hervé	De la genèse étatique au big bang libéral
	Voyages de la liberté
	Après le big bang libéral, la surboum de la mondialisation
	De l'Asie centrale sur la route de la soie à l'Afrique subsaharienne sur la route de soi
Al Lucien	L'île de mes pensées
Allibé Mireille	Mon ami Joshua
	Sang de garrigue
Archippe Marc	La part des anges
Arvel Hélène	Le secret d'Emilie V
	Le face-à-main brisé
	Ruddy et la pierre irisée
Aubourg-Iberti Marie josé	Un aller simple du Piémont à la Provence
	La Bastide des Oliviers
Badens Claude	Group7
Bailleul Gérard	Raoul
Bardin Paule	La Garde de ma jeunesse
Bartolo Claudia	Isis des sables
	Partir et vivre... enfin !
	L'ordre des choses
Baudoin René-F	La complicité
	La vie rapportée
Bianconi François-Julien	Amortem " Cendres d'amour "
	Alda la renarde d'Occi
Blanc Joseph-Elie	Le petit frère
Bourbon (de) Charles	Louis XVII Au Coeur de l'Histoire
Buffières (de) Michel	Une vie de prêtre
Caplan René	Les nuiteux
Caren Huguette	Koby, les chemins de la Providence
	Juste le temps de tracer un visage
Carmignani Eve	La force de la vie
Charpentier Hélène	Une fille de la Varoce
Collet Myriam	Noir berceau
	Les ailes de la passion
	SOS mission Dschang
Craig Phillip	La peau du personnage
Dalloz Fabienne	Angoisses au monastère
	Tom Alexander VS la guerre du feu
	Une journée
Delagrange Philippe	Le voleur de fées
	Péché capital
Delange Joëlle	Le tragique du fou
Deschamp Maurice	La seconde cave
Deyrieux Richard	La louve et le clown
	Les chemins de l'éternité T1-2-3
	Baisers volés à l'éternité
	Les petites fleurs bleues du soudard
	Un génie 2 neurones et 3 femmes pas mal non plus
	Profession tueur...
	Une rose rouge de trop
	Il était une fois Eve...
Dissard Eliane	Le vampire du Muy
	Le champ au trésor
Dopffer Jean Marc	1944 carnet de vie
Eskenazi Henri	Instants de survie
Eychenne Claude	Sur la trace
Fagot Alain	Ararat
Falanga René	Arthur et Eve
Faure Dardanelli JP	Chaque amour à son Eden

Gebel Charles Jean	Quand le tocsin se tait
	Coups de foudre sur coup d'état
Hameau Philippe	Les graffiti de l'ombre
Herrmann Jean	Cigale
Heu Gilbert	Le miel au vinaigre
	Mécréant vulgaris
Hourdin Corinne	La prophétie de l'Etoile de SETH
Istre Jean-Claude	Les nouvelles aventures d'Alfred Malin, prince des arnaqueurs T1- T2- T3- T4- T5.
Jacquet Bernard	La base aéronautique de Cuers-Pierrefeu
Jardin Raymond	Le Moyen-Âge des Seigneurs et Gueux en Provence Tome 1 et Tome 2.
	Bérengère et le premier marquis de France
	L'épaule gauche du soleil
Julliand Jean-Paul	La nuit des quadras
	Le virus du réel
Koskas Jacques	Dieu aime-t-il les petits cochons ?
	Le coq de chlomo
	Les mères qui meurent sont-elles des mères comme les autres ?
Lafay-Bonfils Claude	La mille et deuxième nuit
	Un week-end d'enfer en Provence
	Le chien d'Amélie Parson
	Le cri de la crevette
	Le silence des cigales
Laggiard Cécile	Abigaïl Chaix
Legrand Arthur	Adieu Massalia
Leroux riez Sylvie	Cœur secret du lac
	Le monde en sa folie
Lorenzini Pierre	Le pied de l'aigle
	L'écharpe
	Une étoile au fond d'un puits
	Les vagues chuchotaient mais le ciel était sourd
	Les jujubes d'Octobre
	Les collines de la soif
Lugrin Jean-Pierre	Ananké, la vierge de Raymond
	L'enfant du fleuve Dieu
Manuel Marie-Silvia	Nouvelles fraîches
Marin Agnès	Le jardinier
Massoulier Jean-Claude	Les tubes de dentifrices se pressent par le bas
Max Martin	Pour un croissant de lune
Mercier Michel	Dorabella
	L'adjudant fou
Milhaud Jacqueline Aimée	Les anges du soleil
Nicolas-Bottasso Hélène	Michel Pacha, voyage au bout d'un rêve
Paul Ivanka	Vos yeux madame
Pauquet Pierre	L'île aux passions
	D'un amour à l'autre
Perfetti Olivier	Jardin secret d'un accordéoniste
Perrissel Clémentine	La clé du cœur
Rosier-Chauvet Josette	Les orphelins de l'amour
Rosier-Chauvet Auguste	Le bonheur d'être meunier
Salès Angèle	Le temps des rutabagas
Sellem Claudye	Si tu t'imagines fillette...
	Quand fond la neige, où va le blanc ?
Wiehe Alexis -Père-	Tout à Jésus par Marie
Wohlwend-Sanchis Monique	Clara et Robert Schumann, l'envers d'un mythe
	Joséphine Lang
Ziegler Lucien	Une si belle jeunesse
	Le soleil sur les ruines

HYÈRES LES PALMIERS

Achevé d'imprimer en avril 2009
Editions du Lau SARL

www.editionsdulau.com

Le Madiol des Demoiselles

ISBN: 2-84750-243-2
EAN : 9782847502435
Dépôt légal, avril 2009
Imprimé en France

Prix : **13 €**